Tuhannen kuun meret

Alkusanat:

Arvoisa lukija, vaikka tarinani saattaa hämmentää, älä luovuta, jatka vain lukemista. Ja jos et loppuun päästyäsikään ymmärrä, mistä tämä tarina kertoo, lue se uudelleen. Ja jollet vielä sittenkään tiedä, niin älä kysy minulta. Minulla ei ole aavistustakaan.

Mielenkiintoista lukukokemusta toivottaen

T.T. Rautavesi

Tuhannen kuun meret

kirjoittanut T.T. Rautavesi

©2018 Tina Rautavesi

kuvitus: T.T. Rautavesi

Kustantaja: BoD – Books on Demand, Helsinki, Suomi

Valmistaja: BoD – Books on Demand, Norderstedt, Saksa

ISBN: 978-951-568-948-1

.

"Olen vältellyt tätä kauan. En siksi, etten haluaisi kertoa sinulle totuutta, vaan koska olen huono kertomaan. En halua jättää mitään olennaista pois, mutten myöskään voi kertoa kaikkea. Ymmärrät kyllä lopulta miksi minun on jätettävä asioita sanomatta. Eikä sinua kiinnostaisikaan aivan kaikki. Tämä tarina on luonteeltaan niin pitkä, etten edes itse jaksa aloittaa aivan alusta, kertoa koko keskikohtaa ja lopettaa vasta kun kaikki on kerrottu. Kysy myöhemmin lisää, jos jotain jää epäselväksi. Vaikka todennäköistä on, etten koskaan enää tule puhumaan tästä uudelleen. Miksen? Koska sellainen minä olen. "

Sellaisin sanoin esittäytyi miehelle tuntematon nainen. Miehen kissa oli lähtenyt yhtäkkiä seuraamaan punatukkaista naista ja mies oli tietysti juossut perään. Nainen oli alkanut puhua ja kissa oli kiivennyt hänen olkapäälleen. Ja koska miehellä ei ollut parempaakaan tekemistä hän jäi kuuntelemaan naista. He kävelivät kauan ja nainen puhui paljon. Välillä nainen näytti papereita miehelle luettavaksi, välillä hän soitti äänitteitä muististaan. Mies upposi tarinaan ja havahtui vasta kun aurinko oli laskemassa ja tarina oli loppunut.

Santa Carol

Oli hiljainen yö ja pyhän laulun kaupunki hyräili unissaan. Pieni punatukkainen tyttö istui rannalla ja kuunteli kaukaisen meren huminaa. Oli lasku-veden aika ja tyttö kaipasi suolaveden tunnetta varpaissaan. Nyt hänellä ei ollut mitään millä pes-tä kyyneleet, ei mitään millä huuhdella veriset vaatteet. Kilometrien päässä aallot kimalsivat kuiden valossa, mutta tyttö ei niitä nähnyt enää. Hän oli tänään sulkenut silmänsä, eikä aikonut niitä enää milloinkaan avata. Pian täytyisi palata tukikohtaan.

Tyttö kiipesi varovasti takaisin korkeampaakin korkeamman muurin yli kaupungin puolelle. As-keleitaan varovaisesti hapuillen hän pohti, miten Santa Carol oli voinut ajaa itsensä tähän tilaan. Tyttö uskoi, että kun voisi ymmärtää miksi ku-ninkaat sotivat, hän pystyisi myös ymmärtämään, miksei saanut leikkiä tai käydä koulua. Tyttö muisti vielä, miltä tuntui äidin halaus. Hän muisti myös äidin kylmän ilmeen, kun tämä lähti merille ja jätti tytön sotilastukikohtaan koulutukseen. Äidistä ei ollut kuulunut mitään enää vuosiin. Isä taas, häntä tyttö ei halunnut muistaa.

Tyttö saavutti linnoituksen, joka oli hieman kes-kustasta sivussa. Hän kipusi yhteen vanhoista tähystystorneista, jotka eivät enää olleet käytös-sä. Eivät tietenkään. Kuka enää tähystäisi uhkaa silmällä, kun koneet hoitivat työn vähemmällä vaivalla ja sata kertaa paremmin. Mutta koneita tai ei, tornista näki kauas ja siksi tyttö oli aikoinaan valinnut tämän turvapaikakseen. Enää ei ollut upeasta näköalasta hyötyä. Kuin hyvästelläkseen hän kuitenkin nojautui ikkuna-aukolle. Silmäluomien läpi näkyi vain yön pimeys, mutta tyttö yhä kuuli tutut äänet, haistoi tutut hajut ja ihollaan tunsi tutun tuulen. Mikään ei ollut muuttunut.

Aamun lähestyessä tyttö torkahteli, muttei suostunut menemään makuulle. Häntä ei nukuttanut. Viime yön painajaiset kummittelivat vielä takaraivossa. Meri alkoi palata ja pyhälaulu voimistua, kun väki nosti päitään tyynyistään kohdatakseen taas yhden päivän. Tyttö käytti kaikkia aistejaan aamunsarastuksen havainnointiin, halusi jopa avata silmänsä. Muttei hän niin tehnyt, ei ennen kuin mereltä alkoi kuulua moottorien huminaa ja ensimmäinen ohjus lensi.

Pieni tyttö avasi silmänsä vain sekunninmurto-osaksi räjähdyksen aiheuttaman säikähdyksen vuoksi ja toivoi heti ettei olisi avannut. Vedet ja taivaat peittävä sotakoneisto oli palanut ikuisesti tytön verkkokalvoille. Paniikki valtasi tuon pienen kehon. Tornin kylmälle sementtilattialle käpertyen tyttö pelkäsi loppunsa lopulta koittaneen. Ei, hän ei antaisi kaiken päättyä näin. Mitä hyötyä oli selvitä nämä kaikki päivät, kuukaudet ja vuodet, jos hän nyt luovuttaisi? Tyttö nosti päänsä ja lähti seuraamaan kaukana hiljaa helisevän kulkusen ääntä, sillä se oli ainoa ääni, jota kohti hän halusi kulkea.

Porun satamakaupunki

(10 vuotta Santa Carolin tapahtumien jälkeen.)

Suuren mantereen reunalla elää pieni kuningaskunta rauhassa sodilta. Omassa rauhassaan he pelaavat tietokonepelejään ja viljelevät kurkkujaan. Ne jotka haluavat elämältään enemmän menevät muualle, ja juurikin siksi ei maan pääkaupungissa elänyt montaakaan ihmistä. Harvalukuisessa Porussa oli tosiaan hiljaista ja rauhaisempaa kaupunkia saa hakea maailman toiselta puolen tai kauempaa.

Porussa ei käynyt paljoa ulkopuolisia, yksinkertaisesti siitä syystä, ettei siellä ollut mitään nähtävää. Ainoat ihmiset joita tyhjillä kaduilla näki, olivat matkalla katsomaan kurkkuviljelyksiään, tai toimittamassa aterioita sisällä asujille. Matalissa kerrostaloissa kyllä oli porukkaa, mutta nuo säälittävän kalpeat ihmisen varjot elivät virtuaalimaailmoissa. Koko kaupunki oli rakennettu niin, että pelejä työkseen tekevät ja niitä työkseen pelaavat saivat säilyä kotonaan aina, jos niin toivoivat.

Useimmille olikin mysteeri, miten näin pelejä rakastavasta maasta pystyi kasvamaan niin herkullisia kurkkuja, että niiden maine tunnettiin myös paikoissa, joihin nykyteknologian avullakin oli vaikeuksia saada yhteyksiä. Suurilta osin valtavat kurkkupellot oli todellisuudessa automatisoitu, mutta kurkut olivat edelleen koko kuningaskunnan sydämenasia. Porun sisäilmaa rakastavat asukkaatkin pitivät omia pieniä kurkkupalstojaan

8

parvekkeillaan ja puistoissa.

Poru oli koko maan ainoa satamakaupunki ja tuosta syystä myös kaikki kurkut pakattiin yhdessä suuressa tehtaassa, joka toimi osittain myös valtavana suojana aina yhtä epävakaata merta vastaan. Tehdaskin oli käytännössä automatisoitu, mutta joissain hommissa tarvittiin vielä ihmisiä. Tai tarkemmin laitettuna kyse oli siitä viitsikö tehtaanomistaja hankkia uuden laitteen hoitamaan ihmisen työn, vai antoiko hän ihmisen jatkaa puuhiaan.

Eräänä tuulisena aamuna tuota kaupunkia lähestyi vaaleaan viittaan kietoutunut yksinäinen kulkija suurta tietä pitkin kävellen. Tie myötäili kallionreunaa, jonka alapuolella meri hakkasi kuohuen. Kulkijalla oli kiire ja hän eteni reippain askelin. Porun pääportti häämötti edessä ja kulkija tunsi ilman sähköistyvän. Kävellessään kulkija huomasi eräällä kallionkielekkeellä seisovan ihmisen, jonkun joka luultavasti oli siellä ihailemassa auringonnousua. Ohi mennessään hän päätti kysyä ihmiseltä neuvoa. Olihan Porun satamakaupunki sentään muualla huonosti tunnettu, eikä Kulkija tiennyt siitä paljoa.

Astuttuaan tienpientareelle Kulkija kuitenkin huomasi ihmisen oudon käytöksen. Tämä nimittäin kirkui täyttä kurkkua suoraan iskeviin aaltoihin, niin että hänen ruohonvihreä tukkansa nousi pystyyn joka kerta aallon lyödessä. Hän oli jotenkin harmoniassa meren kanssa, eikä ohikulkija viitsinyt keskeyttää toisen raivonpurkausta, joten hetken kuunneltuaan hän jatkoi matkaansa. Kilahtelu oli nyt tiukempaa kuin koskaan ja ohikulkija piti hoppua. Kohta päämäärä löytyisi.

Kielekkeellä kiljuva ihminen kiljui vielä pitkään, kunnes totesi, että aurinko oli jo noussut ja työt alkaisivat pian. Ja vaikka hän juoksi niin nopeasti kuin vahvoilla jaloillaan pääsi, sai ihminen silti moitteet pomoltaan. Ihminen oli yksi viimeisistä kurkkutehtaan lastaajista. Hänen tehtävänään oli nostella satojenkilojen painoisia kurkkulaatikoita liukuhihnalta toiselle. Pomo ei pitänyt hänen myöhästelystään ja uskoi koneiden muutenkin tekevän paremmin Ihmisen työn. Joten kun ensiviikolla olisivat YT-neuvottelut tulossa, Ihminen oli varma, että jos muutoksia tehtäisiin, hän olisi ensimmäisenä lähtöviivalla.

Niinpä päivä kului rivakasti Ihmisen heitellessä laatikoita hullun lailla. Oikeastaan hän piti työstään. Se oli oiva tapa purkaa aggressioita. Karkeista laatikoista sai silti helposti haavoja, rakkuloita ja pieniä palovammoja. Laastaripaketti oli tärkeä osa työvarustusta kurkkutehtaalla.

Kymmentuntisen työpäivän loputtua Ihmisen ei enää niin -kauniit kädet olivat taas täysin siteiden peitossa ja hänen jokaista jäsentään särki. Ihminen raahautui valitellen pieneen yksiöönsä, eikä voinut olla vihaamatta jokaista askelta. Noita askeleita ei tosin kovin montaa kertynyt, sillä jalkakäytävät toimivat liukuhihnan tavoin ja kuljettivat jokaisen kaupungin asukkaan lähes kotiovelle asti.

Kotiinsa päästyään ihminen haki valmisruoan jääkaapista edes katsomatta, mikä oikeastaan oli kyseessä. Osittain hän pelkäsi, että viimeinen käyttöpäivä oli taas mennyt ja siksi tarkoituksella vältti katsomasta liian tarkkaan. Mikrossa ruoka lämpeni muutamassa sekunnissa, pari pyörähdystä vain. Siinä ajassa ihminen tosin meinasi nukahtaa pystyyn.

Tasapainoteltuaan polttavan kuuman muovirasian pöydälle hän lopulta antoi itselleen luvan istua. Väsymys oli niin raskas, ettei Ihminen uskonut enää pääsevänsä siitä ylös. Sitten joku koputti. "Perhana", Ihminen sanoi ääneen ja viskasi valmisruokalaatikon lattialle. Hän katui sitä heti, yhä suuttuneena. Koputus kuului uudestaan ja tulija oli varmasti nähnyt valot ikkunassa. Ihminen kirosi tulijaa ehkä osittain ääneen.

Koputuksen yhä jatkuessa Ihminen lähti vaeltamaan niitä viittä askelta ovelle. Ja noiden viiden askeleen aikana hän pohti hiljaa, miksei tulija ollut käyttänyt ovikelloa. Sillä eihän se voinut olla taas rikki, juurihan korjaaja oli käynyt. Lopulta Ihminen saavutti oven, eikä viitsinyt vilkaista ovisilmään. Oven takana seisoi Ihmiselle täysin tuntematon nainen, ehkä muutaman vuoden häntä vanhempi.

Tulija näytti yllättyneeltä, eikä mikään ihme. Tulija oli se samainen Kulkija, joka aamulla oli kuunnellut Ihmisen raivon kiljuntaa merelle. Ihmisellä ei tietenkään ollut tästä minkäänlaista muistoa ja oli siksi syvästi hämmentynyt, kun Tulija kysyi:

"Hei, sinähän olit tänään aamulla siellä kalliolla? Voinko tulla sisään?" Ihminen ei ehtinyt vastaamaan mitään, kun Tulija oli jo tunkeutunut sisälle. Tulijan riisuessa kenkiään Ihminen tokaisi: "No hyvää iltaa vain sitten. Minä olen Allu. Kuka himpskutti sinä saattaisit olla?" Vastaukseksi tuli hymyn puolikas.

Catalonian linna

Catalonian kuningaskunnan kerrottiin ennen olleen vauras ja loistelias saari. Nykyään linnakin jo rapistui, kun ei enää ollut ketään sitä kunnostamaan. Köyhyys oli saanut alkunsa harmittoman näköisestä tuholaisesta, joka oli tullut salamatkustajana toiselta puolelta maailmaa. Koko oliivisato oli mennyt piloille yhdellä kertaa ja suurin osa puista oli läpeensä syöty. Koko kansa oli joutunut heräämään köyhyyteen. Nyt tällä ajasta vieroittuneella saarella ei ollut enää mitään tarjottavaa, eikä moni jäänyt katsomaan sen lopullista raunioitumista.

Huono onni seurasi toista, mitään muuta selitystä ei keksitty. Catalonia oli kuitenkin erittäin taikauskoinen saari ja kuninkaanlinnassa huhuttiin. Korkeimman tornin huipulla ei ollut kelloa, mutta toisinaan jotkut olivat kuulleet sieltä hentoa soittoa. Eräs palvelusneito väitti jopa nähneensä siellä valkoiseen kaapuun pukeutuneen hahmon. Silloinen kuningas sattui kuitenkin olemaan harvinaisen tervejärkinen, joten tapahtumat pistettiin mielikuvituksen piikkiin.

Kymmenen epäonnisen vuoden kuluttua tuholaisen saapumisesta kuninkaan kuopus, prinssi Franze oli kolmetoistavuotias. Franze ei tuntenut muuta kuin köyhyyden ja työt, joita koko kuningasperhe teki ylläpitääkseen linnan sekä valtakunnan. Kuopuksena Franzelle oli tietenkin jäänyt kaikkein kurjimmat työt, kuten pölyisten nurkkien putsaus ja pulujen häätö sisätiloista.

Kerran eräs pulupariskunta oli asettunut Catalonian linnan korkeimpaan torniin ja Franze lähti innoissaan niitä häätämään. Syy innostukseen oli selvä, sillä ylimpään torniin ei normaalisti ollut menemistä. Oli kuulemma liian vaarallinen paikka lapsille. Ja niin olikin, paikat luhistuivat jos niihin nojasi ja katto rapistui niskaan.

Franze otti luudan, hätisti pulut, pyyhki hieman pölyjä ja jäi vielä hetkeksi ihailemaan maisemaa. Tornista näki koko kaupungin yli merelle asti. Aallot näyttivät rauhaisilta ja Franze toivoi saavansa luvan käydä rannalla myöhemmin päivällä. Nyt oli kuitenkin kiire seuraaviin hommiin ja Franze lähti hieman haikeana. Sulkiessaan oviluukkua takanaan, hän kuuli kilinää.

Franze ajatteli kyseessä olevan kenties jokin lintu ja hän kääntyi takaisin häätääkseen sen. Tornissa ei ollutkaan lintu, vaan nuori nainen. Tai oikeastaan tyttö ja se hymyili Franzelle. Hämillään Franze muisti vanhat huhut, joita hänelle oli kerrottu tornin haamusta. Ajatella, että tässä hän nyt seisoi sen surullisen kuuluisan valkoisiin pukeutuvan aaveen edessä. Tyttö kyllä näytti ihan elävältä ihmiseltä, mutta mistä sitä tiesi. Eivätkä ihmiset seisoneet silmät suljettuina hylättyjen tornien huipulla hymyillen?

Tyttö osoitti merelle ja Franze kääntyi katsomaan tytön osoittamaan suuntaan. Siellä ei näkynyt mitään. Franze kääntyi takaisin kohti tyttöä. Nyt tyttö oli avannut silmänsä kohdatakseen Franzen tummat silmät. Tyttö sanoi: "Olen Luna. Täytyy mennä", ja osoitti edelleen merelle. Franze vilkaisi merelle ja tuossa välissä aave oli ehtinyt kadota. Tyttöä ei näkynyt enää missään. Merellä taas, siellä näkyi purje.

Pulupoika

Oli kerran kaukaisessa kylässä suihkulähde. Suihkulähde oli pienen talorykelmän ainoa ylpeys ja sitä kunnioitettiin suuresti. Joka päivä kylän asukkaat tulivat istumaan sen reunalle unelmoimaan. Tai niin lapset uskoivat, todellisuudessa paikkaa käytettiin lähinnä juoruiluun, politiikkaan ja kiireisen lounaan hotkintaan. Mutta ihmiset eivät olleet ainoita, jotka pitivät suihkulähteestä. Koirat, kissat, linnut, ketut ja jäniksetkin pitivät paikkaa kotinaan. Suihkulähteen vartioina toimivat kuitenkin pulut, pulut jotka täyttivät jokaisen puun ja patsaan.

Nuo pulut kuuluivat suihkulähteelle yhtä tiukasti kuin elämä kuuluu ihmiselle. Pulut eivät milloinkaan jättäneet kotiaan. He olivat hyvin rauhallisia ja antoivat tilaa kaikille. He eivät pelästyneet helposti, mutta toisinaan pulut lehahtivat ilmaan kaikki kerralla, koko aukion laajuudelta. Kylän väelle oli tullut tavaksi aina kerran vuodessa valittaa pulujen tolkuttomasta määrästä, sillä muuten niitä ei enää edes huomattu. Pulut olivat osa arkipäivää.

Suihkulähteen puluparvessa oli kuitenkin jotain todella erilaista. Osa paikallisista tuntui tietävän siitä, osa taas oli täysin tietämättömiä. Kylässä ei käynyt paljoa ulkopuolisia, joten asiasta ei koskaan nostettu hälyä. Sillä pulujen joukossa oli poika, poika joka ei liiemmin erottunut joukosta. Hän eli kuin pulut, kujersi kuin pulut ja ennen kaikkea lensi kuin pulut. Kylässä häntä kutsuttiin pulupojaksi, jos häntä kutsuttiin. Aikuiset eivät häntä huomanneet, lapset ja vanhukset vain. Lapset uteliaisuudesta ja vanhukset olivat tarpeeksi ikääntyneitä istuakseen tunteja puistonpenkillä hyväksyäkseen tämänkin totuuden.

Arki kului kuin ei olisikaan ja pulupoika kasvoi. Hän alkoi huomioida ympäristöään aivan uudella tapaa. Pulupoika oppi ihmispuhetta, huomasi olevansa ihminen ja seurasi hiljaa ohikulkijoita. Mikään ei silti muuttunut. Kunnes eräänä päivänä kylään saapui tyttö. Tyttö saapui hennon kilinän saattelemana harmaassa viitassaan, eikä kohdannut kenenkään katsetta. Hän istui suihkulähteen viereen, maahan, eikä liikkunut senttiäkään moneen päivään.

Kun tyttö lopulta liikkui, nosti hän katseensa suoraan pulupojan silmiin. Syntyi tuijotuskisa ja kun pulupoika räpäytti silmiään, oli tyttö jo kipittänyt läheiselle nakkikioskille. Tyttö osti ainakin viisikymmentä kuumaakoiraa. Niitä kantaen hän sitten hoippuroi takaisin paikalleen suihkulähteen viereen. Tyttö alkoi syödä omaan tahtiinsa ja pulupoika katseli nälkäisenä. Ruoan tuoksun houkuttelemana pulupoika nappasi yhden noista rasvaisista herkuista ja lehahti läheiseen puuhun sitä syömään.

Pulupojan syödessä ainukaista kuumaakoiraansa, tyttö vetäisi melkeinpä koko kasan. Hän jätti kolme jäljelle ja kiipesi ne taskussaan ylös puuhun pulupojan vierelle. Tyttö istui hajareisin oksalle, niin että hänen hameensa nousi korviin ja

17

pulupoika näki arvet tytön jaloissa. Pulupoika mietti, että oliko kenties kaikilla tytöillä arpiset jalat ja ajatus ällötti häntä. Tyttö taputti oksaa, kuin varmistuakseen jostain ja ojensi sitten yhtä kuumistakoirista. Pulupoika otti sen ja söi vakavana.

Pulupoika ei ollut vielä syönyt omaansa loppuun, kun tyttö ojensi jo seuraavaa. Poika otti senkin ja piilotti takkiinsa myöhempää varten. Nyt tyttö ojensi viimeistä kuumaakoiraa ja pulupoika tarttui siihen varmasti, mutta tyttö ei päästänytkään irti. Tyttö rutisti kuumaakoiraa pienessä nyrkissään ja puhui: "Minä olen Luna. Kuka sinä olet?" Pulupoika yritti kiskoa kuumankoiran Lunan kädestä, mutta tytön ote oli yllättävän tiukka. Ensimmäistä kertaa pulupoika huomasi harmistuvansa.

Luna puhui uudestaan: "Jos et tiedä kuka olet, niin ei se mitään. En minäkään tiennyt ennen. Mutta kulkuset kertoivat minulle, ehkä ne voisivat kertoa sinullekin? Voin kysyä sitten yöllä. Kuule, osaatko sinä lentää? Minusta kuulosti siltä, mutta en ole ihan varma sillä en ole koskaan kuullut ihmisen lentävän. Voisitko opettaa minullekin?" Pulupoika ei tiennyt mitä tehdä. Kukaan ei ollut koskaan puhunut hänelle, ei ainakaan näin suoraan. Ainoa asia, minkä hän oli oppinut puluilta, sitä hän käytti nytkin. Hän lensi pois.

Luna jäi istumaan oksalle muussautunut kuumakoira kädessään. "Hei! Minä sinä menit! Oi, sinun täytyy osata lentää. Voi kun voisin nähdä. Kuule, etkö osaa puhua? Ei se mitään. Tai kyllä se haittaa aika paljon. Hitsi", Luna huusi pulupojan perään, muttei saanut vastausta. Pulupoika oli jo lentänyt suihkulähteen toiselle puolen muiden pulujen joukkoon. Luna kuuli hänen laskeutuvan ja luovutti. Ei toista voinut pakottaa kommunikoimaan, joten Luna nojautui puuhun ja kävi nukkumaan.

Aurinko laski. Kuu toisensa perään ilmestyi taivaalle. Tähdet loistivat kaukana. Äitikuu oli täysi noustessaan vanhojen kivitalojen takaa. Luna laskeutui puusta ketterästi ja hapuillen kiipesi liukkaan suihkulähteen päälle, joka yön ajaksi oli laitettu pois päältä. Hän asettui seisomaan korkeimman patsaan päälaelle. Patsas esitti vanhaa miestä, joka oli levittänyt kätensä kohti taivasta ja nyt Luna levitti lapsen kätensä samalla tavalla. Yhdessä he tervehtivät taivaalle nousevaa, muita kuita huomattavasti suurempaa valopalloa.

Pulupoika katsoi Lunaa hieman kauempaa. Hän ihmetteli, miten tyttö tiesi tarkalleen Äitikuun sijainnin avaamatta kertaakaan silmiään. Pulujen kujerrus kuului etäältä, eikä autotien hurinalta voinut välttyä. Tästä huolimatta pulupoika tunsi hiljaisuutta, joka vaimensi kaiken. Hetki venyi ja pulupoika oli kuulevinaan kilahduksen Lunan leteissä roikkuvista kulkusista, mutta Luna seisoi yhä liikkumatta. Tuuli oli kadonnut laaksoihin.

Luna laski kätensä ja hyppäsi epäröimättä alas suihkulähteeltä suoraan pulupojan eteen. Tämä säikähti ja oli lentämäisillään pois, kun Luna tarrasi pojan huiviin. Luna lausui hymyillen, kuin loitsua lukien: "Sanoivat he Mel. Se on sinun nimesi. Mel, muista se, Mel." Pulupoika laskeutui takaisin maahan. Hän oli saanut nimen. "Mel", kujersi poika ehkä iloisena. Lunakin hymyili, muttei päästänyt irti huivista.

Kiitokseksi nimestä, Mel päätti toteuttaa Lunan toiveen lentämisestä. Mel otti Lunan kädestä kiinni molemmin käsin ja nousi ilmaan. Se olikin yllättävän vaikeaa, eivätkä he päässeet kauaksi, mutta Luna vaikutti nauttivan. Tyttö nauroi oikein sydämensä pohjasta, kun he rysähtivät erään puun latvaan. Mel säikähti ja yritti lentää pois, mutta Luna sai taas kiinni hänen huivistaan. Joten he jäivät latvaan katselemaan kuita, tai Mel katseli, Luna vain istui silmät kiinni ja puhui.

Yö eteni ja pieni Luna alkoi väsyä. Ennen nukahtamistaan tyttö kuitenkin vielä kysyi kuinka korkealle Mel pystyi lentämään. Mel ei tietenkään vastannut, mutta hän jäi miettimään. Miltä tuntuisi lentää pilvien yllä, olisiko se edes mahdollista? Ja kun Luna nukahti kietoutuneena Melin huiviin, Mel päätti kokeilla. Huivi oli pojalle rakas, eikä hän olisi halunnut jättää sitä taakseen, mutta nyt ei ollut vaihtoehtoja. Mel riisui huivinsa, luottaen sen Lunan väliaikaiseen hoitoon, ja lensi niin ylös kuin pääsi.

Aamulla Luna heräsi liikenteenmeluun. Hän ei kuullut, eikä haistanut Meliä missään, mutta huivi oli tallella. Luna ajatteli, että kyllä poika tulisi huivinsa noutamaan ja jatkoi matkaansa. Kului vuosia ja vuosia, eikä Meliä ilmaantunut. Mutta

Luna luotti kohtaloon ja piti huivin aina mukanaan.

Porun satamakaupunki

(10 vuotta ja yksi päivä Santa Carolin jälkeen)

Allu heräsi tokkuraisena. Kello näytti kahtatoista. Allun makuuhuoneessa ei ollut ikkunaa, joten hän lähti tarkistamaan päivänaikaa olohuonekeittiöönsä. Kieltämättä ulkona oli valoisaa, eikä Allulla olisi enää pienintäkään mahdollisuutta ehtiä töihin ajoissa, sairaspäivää viettämään siis. Näin rauhallisesti sujui Allun aamu, kunnes hän huomasi harmaan mytyn nurkassa.

Allu alkoi keittää kahvia käyden samalla läpi eilisen tapahtumia, kun ne yksitellen palautuivat hänen mieleensä. Allu tunsi syvää kiintymystä ja rakkautta pahviseen kertakäyttömukiinsa, kun se hajosi hänen käteensä kaataen tuoreet kahvit hänen yöpuvulleen. Rakkauttaan osoittaen Allu istui kuitenkin pöydän ääreen ja joi viimeiset mukiin jääneet tipat. Tänään hän voisi rakastaa ihan kaikkia, jopa tuollaista kotirauhanhäiritsijää, joka ei suostunut jatkamaan matkaansa ilman Allua.

Eilen Allu oli yrittänyt olla kärsivällinen ja kuunnella Lunaksi esittäytyneen naisen asian, mutta se ämmä ei ollut hyväksynyt Allun kieltävää vastausta. Luna oli inttänyt, että heillä mukamas olisi kiire jonnekin jotakin tekemään ja Allun oli ehdottomasti hylättävä koko tämän hetkinen elämänsä. Allulla ei kerta kaikkiaan omasta mielestään ollut mitään syytä lähteä yhtään minnekään. Paitsi ehkä nyt oli, kun hänestä tulisi työtön.

Tänään Allu oli unohtanut kaikki tilanteeseen kuuluvat negatiivisuudet. Olisihan se aika romanttista purjehtia kuiden valossa vapaana kaikista työn aiheuttamista rajoitteista. Allu olisi valmis kuulemaan lisää Lunan aikomuksista, kun tämä heräisi. Sitä odottaessaan Allu söi lounasta ja huomaamattaan alkoi pakata. Kun Luna sitten heräsi, seisoi Allu ovensuussa lähtövalmiina kaikki rojut rinkassaan. Luna heilautti viitan niskaansa ja ei kun kohti satamaa.

Matkalla satamaan Luna kertoili Allulle kaikenlaista, muttei Allu siitä mitään ymmärtänyt, eikä liiemmin kuunnellutkaan. Ei Lunakaan kuunnellut Allun satunnaisia kysymyksiä heidän päämäärästään. Allu yritti myös kysyä, miksi Luna oli tullut hakemaan juuri hänet mukaansa, mutta Luna puhui vain sekavia jostain kulkusista ja kuista. Satamaan mennessä Allu oli tullut tulokseen, ettei Luna puhunut koskaan mitään järkevää.

Luna lähti kulkemaan kohti erästä vanhan näköistä purjelaivaa, joka juuri oli laskemassa ankkureitaan. Silloin Allu tajusi ensimmäistä kertaa Lunan kävelevän silmät kiinni. Eikä tuokaan tajuaminen ollut mitenkään hirmuinen. Allu mietti vain, että "kas, Luna kävelee silmät kiinni. Mitenköhän hän näkee laivan sijainnin?" ja kiirehti Lunan perään.

Satamana toimi valtava halli, jonka yksi seinä oli kokonaan avattavissa, jotta laivat pääsivät kulkemaan sisään ja ulos. Allulle oli joskus kerrottu sen vaikeista toimintamekanismeista, mutta ei hän niitä enää muistanut. Mutta kyllä kaikille oli selvää, ettei satamien rakentaminen koskaan ollut helppoa, kun merenpinta saattoi laskea kymmeniä metrejä muutamassa tunnissa. Tai vaihtoehtoisesti nousta. Upeasta arkkitehtuurista vaikuttuneena Allun katse pälyili kaikkialle, vaikkei ollutkaan paikalla ensimäistä kertaa. Luna taas, hän piti silmät kiinni ja kulki eteenpäin.

Kun he saapuivat laivan luokse, oli köydet jo kiinnitetty ja laskusiltaa asetettiin paikalleen. Luna istui erään laatikon päälle odottamaan. Allu seisoi hetken, mutta istui sitten tietämättä edes mitä he odottivat. Luna ei nimittäin suostunut kertomaan. Tuntien odotuksen jälkeen Luna lopulta nousi. Joku nuorimies laskeutui laivasta täristen pelosta. Allu katsoi tarkkaan miehen kullanruskeita kiharoita ja vaaleanpunaista takkia, mikä komistus olikaan kyseessä.

Komistuksen astuessa laiturille hänen askeleensa pettivät ja hän rojahti polvilleen. Luna käveli miehen luo ja ojensi kätensä: "Terve. Muistatkos minut?" Mies kauhistuneena tarttui Lunan käteen ja Luna auttoi miehen ylös. Komistus todella oli komistus ja Allun oli astuttava lähemmäs tarkastelemaan tätä. Luna sanoi: "Jos et muista, minä olen Luna. Tuo on Allu. Me ollaan matkalla Keskustaan. Saataisiinko kyyti?" Miehen ääni värisi: "Minä olen Franze ja luulin että olet aave." Luna nyökkäsi kuin asia olisi sillä käsitelty.

Allu veti hetkeksi Lunan sivummalle jättäen

Franzen nyyhkyttämään laiturinreunalle. Allu kysyi: "Mantereelle? Keskustaan? Jos me haluamme sinne, miksi ihmeessä menisimme laivalla?" Ja vaikka oli totta, että jokia pitkin pääsisi nopeammin, niin maitse matkanteko olisi satakertaisesti turvallisempaa. Luna taas ei sanonut muuta kuin: "Merellä soivat kellot" ja siihen jäi se keskustelu. Allu todella toivoi, että meri antaisi heidän matkustaa rauhassa. Samalla hän oli yhtä varma kuin muuri, ettei näin hyvin tulisi tapahtumaan.

Vuoren korkuiset aallot

Laiva oli tehnyt matkaa jo muutaman päivän ja Franze oli tottunut Lunan olemassaoloon. He olivat istuneet yhdessä ruokapöydässä ja jutelleetkin hiukkasen, niin sanotusti tehneet asiat selviksi. Nyt Franze istui ohjaamossa ja katseli alhaalla kannella hoipertelevia hahmoja. Kaksi niistä erottui selvästi. Allu ja Luna olivat menneet ulos päivittäiselle kierrokselleen.

Laivan nokassa he kurottuivat niin pitkälle kuin uskalsivat ja antoivat tuulen tarttua. Franze yritti miettiä, mitä yhteistä noilla kahdella naisella oli. Sillä tuon erilaisempia ihmisiä hän ei ollut koskaan tavannut, vaikka olikin kiertänyt merillä jo vuosia. Toisella oli musta iho ja vihreät, epätasaisesti leikatut, lyhyiksi kynityt hiukset, kun taas toisella oli pitkinä huiskivat punertavat letit ja vaalea iho täynnä arpia. Kerta kaikkiaan, toinen katsoi minkä kerkesi ja toinen omasta valinnastaan oli sulkenut pois näköaistinsa. Mikä kummallinen yhdistelmä ja Franze ilmeisesti kuului tähän yhdistelmään.

Franzen miettiessä omaa osuuttaan tässä maailmassa tuuli alkoi viheltää ja kuut katosivat yksitellen paksun pilviverhon taa. Vuosisadan myrsky teki tuloaan ja yhtäkkiä meri vetäytyi ulapalle. Rantaa seurannut laiva vetäytyi sen mukana, eikä kukaan voinut uskoa seuraavia tapahtumia.

Franze jäi ohjaamaan laivaa, kun kapteeni lähti konehuoneeseen antamaan ohjeita suoralta kädeltä, sekä koneille että ihmisille. Aaltojen yhä kasvaessa Luna ja Allu kipusivat ohjaamoon. Normaalisti Franze olisi ainakin hymyillyt neideille, mutta nyt hänen huomionsa kohdistui ainoastaan mereen. Luna taas katsoi taivaalle, tai ei tietenkään katsonut kun silmät olivat kiinni. Allun teki mieli paiskoa laatikoita.

Laivan päästyä erään jättimäisen aallon läpi Luna vetäisi ruorista kysymättä lupaa keneltäkään. Franze karjahti yllättävän miehekkäästi ja yritti kiskoa ruorin takaisin oikeaan suuntaan, mutta Luna ei päästänyt irti. Luna huusi yli kaiken metelin yliluonnollisen kovalla äänellään: "Tämä on ainoa tapa!" Franze yritti vielä muuttaa kurssia, mutta ymmärsi sitten, mitä Luna yritti. Heidän edessään oli nousemassa kaikkien aikojen suurin aalto ja Luna ohjasi laivaa sen harjalle.

Aallolla ratsastamisessa oli ainakin miljoona riskiä, mutta Luna oli oikeassa. Jos he jäisivät alas, väistämättäkin aallot murskaisivat heidät jossain vaiheessa tai sitten laivan koneisto itse pettäisi. Kummassakin tapauksessa heidän seikkailunsa olisi loppunut siihen. Tällä tavalla taas oli edes jokin mahdollisuus, kunnes aalto iskisi heidät maahan. Franze keskittyi ja antoi laivan löytää sopivan virran.

Aalto kasvoi ja kasvoi. He nousivat ylös kymmeniä minuutteja. Pilvet lähenivät minuutti minuutilta ja sitten ei näkynyt enää muuta kuin pimeää harmautta. Valo tuli, puf vain. Aalto oli noussut myrskypilvien ylle. Taivaalla loistivat kuut ja oli hiljaista. Pilvissä välähteli. Kukaan ei tuntunut hengittävän silkasta ihmetyksestä.

He matkasivat jonkin aikaa, jokainen sekunti venyi ja tuntui aivan liian lyhyeltä. Allu olisi voinut jäädä sinne ikuisesti. Franze ihmetteli tätä kaikkea suurin silmin, kunnes huomasi lämpötilan. Oli järkyttävän kylmä ja aalto jolla he ratsastivat, alkoi jäätyä. Ikkunoihin ilmestyi pieniä jääkukkia. Paniikki alkoi taas levitä, sillä kuinka kauan aalto jatkaisi matkaansa. Kukaan ei halunnut jäätyä kuoliaaksi. Silloin Luna avasi silmänsä.

Franze ehti juuri huomata Lunan avautuneet silmät, kun ohjaamon ovi oli jo kiskaistu auki ja Luna hyppeli alas kannelle. Allu reagoi nopeammin ja sulki oven heti Lunan siitä mentyä. Franze tuijotti Lunan jäätyviä lettejä, kun Allu huohotti: "Näitkö sinä ne, ne silmät?" Franze vain tärisi kylmyydestä, eikä vastannut mitenkään. Luna juoksi henkensä edestä etsien jotakin.

Pian Franzekin näki pienen pisteen erään pilven reunalla. Pilvi oli hieman heidän yläpuolellaan ja niin kaukana oikealla, ettei aalto yltänyt sinne asti. Franze aikoi huomauttaa löydöstään Allulle, mutta Allukin oli ilmeisesti huomannut sen, sillä tyttö katseli siihen suuntaan. Allu kuiskasi henki höyryten: "Mitä hemmettiä tuo tekee?" Luna oli heittänyt köydenpäässä roikkuvan pelastusrenkaan kohti pilveä ja nyt hyppäsi sen perään. Franze ei ollut varma näkikö oikein, sillä jos näki, Lunalla oli ehdottomasti yliluonnollisia voimia.

Lunan heittämä rengas osui selvästi johonkin, muttei jäänyt kiinni ja siksi Lunan teki tiukkaa saada rengas kiinni, kun hän ja piste upposivat pilveen. Franze ehti jo ajatella, että sinnekö Luna sitten kuoli, kun häntä alkoi huolettaa oma elämänsä. Aalto alkoi laskeutua ja laiva oli taas pilven sisällä. Nyt ei ollut aika murehtia itsemurhahypyn tehneistä. Sillä vaikka alhaalla olisikin lämpimämpää ja miehistö välttyisi hypotermiaan kuolemiselta, oli alhaalla myös merenpohja sekä maankamara.

Laskeuduttuaan takaisin myrskyyn ja pimeyteen alkoi laiva hillittömän laskeutumisen. Eikä auttanut muu kuin kiljua. Franzekin kiljui, kun salama iski ja näkymä kannelle taas aukeni. Kukas muukaan siellä läähätti aikuinen mies kainalossaan, kuin Luna. Allukin kiljui, mutta muusta syystä. Hän ei vain tullut toimeen meren kanssa. Miten ihmeessä Allu oli voinut unohtaa vihaavansa merta? Ei hän olisi lähtenyt tälle matkalle, jos olisi muistanut. No, täällä oltiin niin eiköhän kiljuta.

Laskeutumista jatkui pitkään ja kohta kaikkien kurkut olivat käheinä. Siitäkin meni vielä jonkin aikaa, ennen kuin Luna saavutti ohjaamon. Tajutonta miestä oli ilmeisesti ollut hankalaa raahata siinä myrskyssä ja kaikille muille se olisi ollut ehdottoman mahdotonta. Lunaa ei kuitenkaan haitannut huono näkyvyys, sillä hänen silmänsä olivat taas suljetut, eikä yli-inhimillisistä voimistakaan ollut haittaa. Franze ei viitsinyt edes antaa Lunalle ylenkatsovaa katsettaan, eihän Luna sitä olisi nähnytkään.

Allu taas tuntui olevan erittäin ärtyisällä päällä,

sillä hän raivosi Lunalle kunnon saarnan elkein. "Mitä, Kuka, Milloin, Missä, Miksi?! Oletko aivan idiootti?" ja niin poispäin. Ja Luna kertoi jotain kulkusista ja kuusta ja höpölöpö. Franze sulki naisten keskustelun pian päästään ja keskittyi mereen. Toisaalta olisi ehkä kannattanut kuunnella, sillä toista yhtä järjetöntä keskustelua hän tuskin tulisi koskaan kuulemaan. Tai niin Franze uskoi parin sekunnin ajan, kunnes pilvestä tullut mies virkosi.

--"Taivaissa taika piilee,

pilvissä pila ikävä.

Kaino on kaihea katse

alas maahan avaraan,

kun kuiden kanssa kaverina

pulupoika pyörii

vuoden, toisen,

kohta kymmenen.

Taivaissa taika piilee,

pilvissä pila ikävä."—

Laitakaupungin talossa heräillään

"Melissa, kyllä se taitaa olla nimeni. Kylläpäs sär-
kee. Mikä tuo huuto on? Ahaa, pikkulapsi. Mitä se
täällä tekee? Mitä minä täällä teen? Missä minä
edes olen? Olen Melissa ja ilmeisesti makaan jon-
kinlaisella sängyllä. Jalat tosin roikkuvat reip-
paasti yli. Siinä se sitten olikin. Täytyy tutkia, kat-
soa ja kuunnella. Ehkä jotain selviää. Tämä on
kuin iso mysteeri peli. Kuinka hauskaa.

Kunpa tuo lapsi jo lopettaisi itkemisen. Nousenpa
nyt katsomaan ympärilleni. Aijaijai, kylläpä kivis-
tää. Pystyssä. Hyvä, avataan seuraavaksi silmät.
Ai, ne olivatkin jo auki. Onpas pimeää täällä. Noh
noh, tuosta valot päälle, kas niin. Nelivuotias lapsi
lukittuna häkkiin, mitäs kummaa? Kenenköhän
lapsi tuo on? Ettei vain olisi minun. Olenko minä
sellainen ihminen, joka lukitsee pieniä ihmisiä
häkkeihin? Hyvä kysymys, paras tähän mennessä.
Hitsi, naama on niin kireänä, ettei hymyillyksi
saa.

Lapsi on selvästi kiintynyt minuun, kun kerran
rauhoittui heti häkistä ulos päästyään. Nyt se
roikkuu kaulassa, eikä ilmeisestikään aio päästää
irti. Hyvä on sitten, minä olen äiti ja nimeni on
Melissa. Täytyy vahtia, ettei mitään enää unohdu.
Onneksi on edes nimi johon takertua, ja tämä lap-
si. Nyt pitäisi sitten löytää lisää vihjeitä. Kas, pöy-
dällä on lappu. Osaankohan lukea. Kyllä osaan.
Lapussa lukee:

*"Hyvää huomenta Melissa. Jätän tämän siltä varal-
ta, että unohdat. Sinua odotetaan Keskuksen Kes-*

kustieteiden Osastolla numero 1. Saavu omaan
tahtiisi, muttemme odota ikuisuuksiin.

PS. Kannattaa lähteä pian, ennen kuin varpaita
alkaa poltella."

Selvä sitten, ikkunasta näkyykin jo kuinka viereinen talo savuaa. Tuossa reppu ja laatikostosta vaatteet, hieman ruokaa, vesipullot vielä ja lähdetään. No nyt se on ilmiliekeissä. Kuumuus tuntuu seinän läpi. Pysy nyt hiljaa lapsi, on aika livistää. Miksi täytyy livistää? Sitä ehtii miettiä myöhemminkin. Jalkaa toisen eteen tyttö! Hyvästi ruma mörskä, veriset lattiat ja häkki, tässä sitä nyt mennään!"

Keskus

Oli kevät. Vaahteran kellanvihreät kukat hehkuivat lähes punaisina auringonlaskun kuultavassa valossa. Kevätmyrsky oli laantunut ja taivas loi räikeän sinisen kontrastin maata peittävälle tuholle. Nyt kilometrien levyistä jokea pitkin syöksyi laiva kohti sisämaata. Sen kiiltävän valkoinen pinta heijasti rantatörmiä peittävän tuhon, eikä laiva vastannut vastaantulevien ihmisten avunhuutoihin.

Ennen niin rauhaisa Mel oli joutunut silmittömän hermostuneisuuden alaiseksi, kun lopulta oli päässyt alas siltä pilveltä. Sitä tunteiden sekavaa purkausta oli kestänyt tuntikaupalla, kunnes mies oli nukahtanut. Nyt hän oli herännyt taas ja pystyi kuuntelemaan Lunan version tapahtuneesta. Eipä se häntä laisinkaan lohduttanut, mutta saattoi sellaiseen sekavuuden tilaan, ettei siinä enää pystynyt tehdä muuta kuin istua ja alistua kohtaloonsa.

Lunan ontuva selitys taisi mennä jotakuinkin näin: "Kuulepas, en minä koskaan sanonut, että sinun pitäisi kokeilla, kuinka ylös ihminen pystyy lentämään. Minä vain kysyin, joten en ymmärrä miten se olisi ollut minun vikani. Enkä todellakaan käskenyt pysymään siellä kymmentä vuotta. Oikeastaan aika hervotonta miten pysyit elossa niin pitkään ilman ruokaa tai mitään. Sitä paitsi, minä en tiennyt missä olit, ennen kuin kuulin sinut siellä pilven reunalla. Ja nythän olet täällä, eikö se ole pääasia? Tässä muuten huivisi. Hienoa että osaat nykyisilläsi puhua, mutta kylläpä olet kasvanut kerrassaan..."

Näin asiat sujuivat tuossa aallonharjalla ratsasta-vassa laivassa. Alkuperäinen miehistö oli joutu-nut shokkiin myrskyn aiheuttamasta järkytykses-tä, eikä siksi ollut ketään tarpeeksi järkevää pai-kalla auttamaan tulvan uhreja. Ainoat toiminta-kykynsä säilyttäneet olivat neljä villiä seikkailun-haluista nuorta, joille maalaisjärki oli harvinaisen vieras käsite. Yksi osasi ohjata laivaa ja toinen pystyi hoitamaan koneiston. Kaksi istui kokassa riidellen tai keskustellen, välillä hihkaisten ison aallon osuessa kohdalle.

Pikkuhiljaa pellot, metsät ja hajanaiset asuinalu-eet alkoivat tihentyä kaivoksiksi, tehtaiksi ja suu-riksi kerrostalorykennelmiksi. Alettiin lähestyä maailman suurinta kaupunkia, jota kansanomai-sesti kutsuttiin Keskukseksi, sillä se sijaitsi suu-ren mantereen keskipisteessä. Keskus oli tiettä-västi ainoa paikka maapallolla johon meren luo-ma uhka ei yltänyt. Sitä ympäröivät vuoret kuin kilometrien korkuiset muurit ja ne olivat vielä niin kaukana, että jos seisoi Keskuksen keskus-tassa, ei pystynyt erottamaan kuin pienen ko-houman taivaanrannassa miljoonien talojen ta-kana.

Nuo vuoret kohosivat myös jokea pitkin kiitävien sankareidemme edessä. Tätä vauhtia he pian is-keytyisivät sen graniittiseen pintaan. Alkoipa sii-nä itse kukin hieman panikoida, joten Luna hyp-peli ohjaamoon kiskomaan taas ruoria. Luna sai kaiken hätäkän ohessa neuvottua Franzelle reitin vuoren alitse. Normaalisti tunnelissa kulkivat vain junat ja henkilöajokit, mutta nyt oli vesi noussut niin ylös, ettei tunnelin suuta pystynyt kunnolla erottamaan pärskeistä.

Tähtäys, syöksy, sukellus ja sitten pidätettiin henkeä, kunnes tunnelin pimeys katosi ja laiva pomppasi pinnalle. Laiva kärsi tuosta paljon ja sen kylkeen repesi valtava reikä. Vesi alkoi tulvia sisään, mutta arvoisat seikkailijamme lisäsivät vain vauhtia. Jokikin alkoi kaveta ja lähestyä loppuaan, suurta järveä josta eteenpäin oli enää vaan pelkkää taloa. Ja silti he yhä kiihdyttivät suoraan kohti valkoista hiekkarantaa. Onneksi se oli iso ranta, sillä laiva liukui ainakin viisisataa metriä vielä rantautumisen jälkeen.

Rytinän jälkeen tuli nelikolle hoppu, sillä laivan omistajat eivät järkytyksestään huolimatta pitäneet siitä, mitä heidän laivalleen oli tapahtunut. Kaukana soivat sireenit, kun poliisit lähestyivät rivitalojen muodostaman sokkelon läpi. Hätäinen pakomatka laivan raadolta alkoi siis juosten. Paitsi Franzen joka oli hyvin nopeasti huomannut, ettei pysyisi muiden kolmen vauhdissa mitenkään. Franze ehti hölkätä yksinään viitisen minuuttia, kunnes nuo kolme palasivat häntä noutamaan.

"Mihin meillä edes on näin kiire? Poliisit jäivät jo kauas taakse", kysyi Franze nyreissään. Mel oli lopulta suostunut ottamaan hänet reppuselkäänsä, jotta Franze saisi säilytettyä edes hiukan miehisyyttään. Luna kohautti olkiaan, hän oli tarjoutunut kantamaan Franzea ensimmäisenä. "Keskustaan", totesivat tytöt yhteen ääneen. Mel nyökkäili ja vahingossa löi päänsä Franzen nenään. Franze kirosi, eikä enää kysynyt jatkokysymyksiä. He juoksivat kunnes tuli pimeää.

Keskusta oli kaupunki, jonka kadut puikkelehtivat valtavien pilvenpiirtäjien joukossa. Eikä maailman tiheimmin asutettu kaupunki mitenkään voinut omata hiljaista yötä, saatikka valotonta. Siksipä sankareidemme ravatessa läpi noiden kapeiden ja leveiden katujen, yö ehti laskeutua kenenkään huomaamatta. Asunnoista tulviva valo oli vähintäänkin yhtä valaisevaa kuin päiväsaikaan.

Yö kuitenkin tuli ja liikettä kuului enää nuorten asuttamista opiskelualueista. Luna, joka johti joukkoa, juoksi tällaisia alueita vältellen. Kaukaa kuuluvat liikenteen äänet vahvistivat heitä ympäröivää hiljaisuutta. Katuvalot ja ikkunat vilisivät Franzen silmissä. Askelista ei kuulunut pihahdustakaan. Oikealla ajoivat opiskelijat kilpaa stereot täysillä. Luna kääntyi vasemmalle, oikealle ja tunneliin. Sitten pimeä tuli.

He seisoivat isossa salissa, ilmeisesti, sillä taivaalla ei näkynyt kuita tai tähtiä. Luna oli vahingossa ohjannut heidät rakennuksen sisälle. Kaukaa kuului variksen raakuntaa. Se kaikui tyhjässä tilassa. Katosta tippui vettä. Mel laski Franzen alas äänettä. Kaikki seisoivat valmiustilassa.

Taakse jääneestä tunnelista, tai käytävästä, tuli
36

sen verran valoa, että Franze pystyi erottamaan vierellään kyräilevät hahmot. Kunnes äkisti ovet narahtivat kiinni ja Franze jäi seisomaan säkkipimeään. Hetken mykistyneen hiljaisuuden jälkeen Allu sanoi: "Tuuli veti oven kiinni? Etsitään valokatkaisija". Hänen vahva äänensä värisi.

Kukaan ei kuitenkaan ehtinyt ottaa paria askelta enempää, kun noin sadan metrin päässä salin toisella puolella näkyi kummallinen liikkuva hohde. Saliin pyöri hieman jumppapalloa suurempi punaisena ja oranssina hehkuva pallo. Se lähestyi tasaista vauhtia valaisten samalla suuren lehtipuun keskellä salia. Pallon ohittaessa tuon puun, tippui sen latvasta karmaisevaakin kamalampi olio. Franze kiljui miehekkäällä tavallaan ja muisteli mummun opettamia suojelurukouksia.

Vuosia sitten Franzen lähtiessä merille, hän oli tiennyt kohtaavansa vaikka minkälaista taikuutta vierailla saarilla. Ensimmäiset vuodet oli mennytkin totuttelemiseen, mutta koskaan hänen ei ollut tarvinnut pelätä vieraidenmaiden demoneita, niin kuin nyt. Hirviö värjyi hohtavan pallon takana kuin tasapainoa hakeakseen ja tuijotti luomettomilla silmämunillaan suoraan Franzen sieluun. Silloin Franze tiesi loppunsa tulleen. Demoni söisi hänen sielunsa, eikä hän enää koskaan pääsisi kotiin. Franze alkoi nyyhkyttämään hysteerisenä.

Pari metrinen, laiha hahmo ja hohtava pallo lähestyivät kunnes pysähtyivät. Valoa oli tarpeeksi, jotta he pystyivät hahmottamaan hirviön vaalean

37

polkkatukan ja arpisen läikikkään ihon. Se olikin nainen minihameessa labratakki päällä. Eikä hohtava pallo ollut pelkästään pallo, sillä oli jalat, kädet sekä pää. Tuo parivaljakko oli niin kummallisen outo, että jopa Melin aina yhtä ilmeetön naama kääntyi inhoavaan irvistykseen.

Allu sähisi hirveän naisen heilauttaessaan kättä tervehdyksen tapaan. "Hoh hoi joi! Mitäs meteliä täällä pidetään? Tiesittekö että tämä on yksityisaluetta ja läpimeno kielletty? Nyt on yö ja kunnon ihmiset täällä yrittävät nukkua", näin sanoi hän viitaten omaan ihmisyyteensä, mikä selvästi oli erittäin kyseenalaista. Nyt kukaan ei enää osannut sanoa mitään. Franzen nyyhkytyskin oli lakannut. Allun hermot olivat repeämässä jännityksestä.

Kaikkien odottaessa, että mitä seuraavaksi tulisi tapahtumaan, pallo ei enää muistuttanutkaan palloa, vaan pikkupoikaa. Yhä se hohti, mutta nyt enemmän keltaisena ja valo tuntui tulevan vain sen päästä ja vatsasta. Valo oli myös niin kirkasta, ettei suoraan sitä kohti voinut ihmissilmin katsoa. Mel tuijotti räpäyttämättä, Franze siristellen. Allu etsi turvaa Lunasta, jota ei näkynyt missään.

Hirviönainen, nimeltään Melissa, aikoi juuri ilmoittaa kutsuneensa poliisit, kun Allu huudahti: "Missä Luna!" Huuto oli kova, pitkän harjoittelun tulos ja se kaikui komeasti. Sen tuloksena kaikki säpsähtivät ja alkoivat tähyillä ympärilleen, jopa Melissa ja lapsi. Kaikujen lopulta hiljennyttyä kuului tömähdys heidän vasemmalta puoleltaan.

Lapsi suuntasi valonsa sinne.

Jonkin matkan päässä näkyi hämärästi kahviautomaatti. Kului vielä hetki, kun automaatin yllä pimeässä syttyi kaksi myrkynvihreää silmää. Kylmät väreet kulkivat Franzen selkäpiissä, kun hän muisteli edellistä kohtaustaan noiden silmien kanssa. Ne tosiaan olivat myrkylliset, kuolemaa nähneet silmät. Yllättäen heitä ympäröivä pimeys ei enää ollut pelkästään pelottava. Se oli myös äärimmäisen painostava, kuin koko syvämeri olisi heidän niskaansa laskeutunut.

Puhalsi kostea tuuli ja pikkupojan valo sammui. Kukaan ei pystynyt irrottamaan katsettaan tuosta vihreästä tuijotuksesta, joka ei pysynyt paikoillaan. Katse harhaili ja nousi ylemmäs. Kuului kolkkoa kilinää, kun Lunan viitta tippui alas. Ääni herätti heidät hypnoosista ja he näkivät Lunaa kiertävät, vihreää valoa hohtavat madot. Pikkupoika sai valonsa taas päälle ja ohjasi sen heti Lunaan. Siinä heikossa valokiilassa he erottivat kuinka Luna repi pitkiä lettejään sitovat nauhat ja päästi punertavat hiuksensa valloilleen. Kuului taas kilinää kulkusten pudotessa maahan ja Lunan vihreä hohto katosi kattoon syntyneeseen reikään.

Siinä oli sitten jos jonkin moista sekoilua. Täytyi lähteä Lunan perään, mutta Melissa ei oikein halunnut päästää ja Franze oli mennyt shokkiin. Allu meinasi jo ruveta tappelemaan, mutta Mel ratkaisi asian kaappaamalla ystävänsä riuskasti ja lentämällä pakoon. Se toimikin ihan hyvin jonkin aikaa, mutta ei ollut helppoa lentää sillä tavalla. Melissakin oli lähtenyt takaa-ajoon ajokillaan, eikä älyttömän lujaa Lunaa niin helposti saavutettu.

Joten Mel latasi netistä kaupungin metroverkoston kaavan ja pääteltyään, mihin Luna oli matkalla, laskeutui sisäänkäynnille. Heillä meni koko loppuyö päästä kaupungin reunalle vain nähdäkseen aamusarastuksessa soiden yli juosseen Lunan kantapäät. Lounaaseen mennessä he saavuttivat vihdoin vuoren, jota pitkin oli huomattavasti mukavampaa kivuta. Parin tunnin kipuamisen jälkeen näkivät he takanaan suota ylittävän ajokin. He kiristivät tahtia.

Mel sai välillä vähän lentää, mutta auringon värjätessä läntisen vuorenkyljen punaiseksi he saavuttivat huippua. Kaikki olivat kuoleman väsyneitä, eikä edes maahan väsähtäneen Lunan näkeminen piristänyt laisinkaan. Viimeiset askeleet tuntuivat raskaammilta kuin vuori heidän jalkojensa alla. Yksitellen he kaatuivat osittain Lunan päälle yhteen isoon kasaan ja nukkuivat. Kuut nousivat taivaanrannassa ja niin nousivat aallotkin.

Aamuyön kylmä viima herätti Franzen. Luna seisoi huipulla, jonka toisella puolella oli tuhansien kilometrien pudotus. Ilma oli ohutta, mutta se kantoi mukanaan hentoa meren tuoksua. Meri, meri oli taivaanrannan takana. Paitsi ettei ollut. Franze katsoi yli jyrkänteen aina pimeän rajan taa ja siellä, tähtivalon kimmellyksessä kuohui meri. Kaikkien aikojen suurin aalto oli tulossa kohti. Se oli satakertaa suurempi, kuin aalto jolla he olivat matkanneet tänne.

Tuuli oli hillitön ja Franzen pitkä takki hakkasi vasten hänen jalkojaan. Täällä ylhäällä oli kylmä. Silloin Franze huomasi jotain mieletöntä. Hänen täytyi olla yhä unessa, sillä taivaalla oli vain kolme kuuta. Olisi vain ajan kysymys milloin nuokin kolme liukuisivat toistensa päälle. Häkellyksissään tästä ennenkuulumattomasta ihmeestä hän peruutti varovasti pois kielekkeeltä ja kompastui. Selällään maatessaan Franze näki taivaan täydeltä tähtiä. Ei koskaan ollut Linnunrata yhtä upeana näkynyt, vaikka Keskusta valosaasteineen oli aivan vieressä.

Franzen ihaillessa tähtiä katsoivat Mel ja Allu kuinka tuhannesta kuusta tuli vain yksi ja ainoa. Häkeltyneenä he tuijottivat yhä lähemmäs kohisevaa merta ja reunalla hoipertelevaa Lunaa, jonka mekon alla vihreät madot edelleen vaelsivat liikkumattomina. Heidän takaansa kuului tuskanhuutoja, mutta kukaan ei kääntynyt katsomaan mikä äänen aiheutti. Olisi se mikä tahansa, ei se voinut olla tätä näkyä tärkeämpää.

Seuraavassa hetkessä oli Luna tehnyt puolipiruetin kohdaten näin taas ystävänsä. Hänen silmänsä olivat yhä auki, mutta niiden hohto oli sammunut. Vihreät madotkaan, eivät enää olleet vihreitä, vaan kalpeaa arpikudosta. Puhalsipa puhuri ja Luna tippui. Syöksähtivät silloin muut häntä kohti, mutta Luna ei tippunut kauas. Hän jäi leijumaan juuri ja juuri kielekkeen toiselle puolelle, kunnes meri tuli ja pärskeet lennättivät Lunan kielekkeen ylle.

Franze ei tiennyt mitä tehdä. Mel seisoi jäykkänä ja Allu piteli päätään. Hädissään Franze huomasi takanaan kiljuvan Melissan, joka piteli kalpeaa lasta sylissään. Tässä oli nyt tosipaikka kyseessä. Tämä taikuus ei ollut mikään pikkujuttu. Nyt tarvittiin järeitä aseita. Mutta Franzella ei ollut aseita. Ainoa mikä piti hänet toimintakykyisenä, oli hänen mummulta perintönä saama pitkätakki, joka ikivanhan tarun mukaan suojasi mustalta magialta. Ei auttanut, se olisi hänen ainoa toivonsa saada kuolemanportailla leijuva Luna turvaan.

Franze taisteli merta vastaan ja Lunan saavutettuaan hän riisui takkinsa. Franzella oli kylmä ja märkä, mutta nyt ei auttanut valittaminen. Vaikeasti hän sai ujutettua takin Lunan ympärille ja kiskottua hänet alas maata vasten. Franze puristi takin tiukasti Lunan päälle ja piti sitä siinä merestä ja tuulesta ja kylmästä huolimatta. Aamu lähestyi ja kuu hajosi taas tuhanneksi. Meri palasi mereen, mutta kastunut kaupunki oli muuttunut. Se ei enää ollut koskematon. Vaaleanpunainen näytti sittenkin paremmalta tytön päällä.

Kun kuu rakastui tähteen

Ihmisiä on aina kiehtonut ajatus kuolemattomuudesta, mutta kun siitä tulee totta, se ei enää kiehdo, se pelottaa ja aiheuttaa kateutta.

Natalia oli vasta kuudentoista kuullessaan sen ensi kerran. Hänet oli jo ennen syntymäänsä muokattu vastaanottamaan, kääntämään ja ratkomaan mitä erilaisimpia viestejä. Sittemmin hänen taitojaan oli hiottu ja korjailtu ja hän itsekin oli vaatinut pari harvinaisempaa vastaanotinta lisättäväksi. Natalia oli oppinut poimimaan viestejä joka ainoalta taajuudelta ihan luonnostaan. Siksipä se ei ollut pelkästään yhteensattuma, kun Natalia poimi ja käänsi ensimmäisen viestin joka tuli maapallon ulkopuolelta.

Natalia oli häkeltynyt ja vastasi saman tien eräällä lähettimellä, jolla hänen vanhempansa olivat lapsina leikkineet. Tietenkään vastausta ei tullut heti, ties kuinka kauan kestäisi ennen kuin viesti yltäisi viestinlähettäneen olennon planeetalle ja takaisin. Mutta Natalia kuunteli päivästä toiseen saapuvia viestejä, eikä luovuttanut. Hänkin lähetteli joka mahdollisuuden tullen viestejä, vaikkei voinut olla varma niiden koskaan tavoittavan vastaanottajaansa.

Neljäkymmentä vuotta Natalia joutui odottamaan. Ja kun vastaus saapui, Natalia ei voinut uskoa onneaan. Muutaman päivän Natalia ei pystynyt keskittymään mihinkään muuhun. Hän vain kuunteli ja vastaili. Mutta tuo onni ei kestänyt kauaa, kun Natalia tajusi kuolevansa ennen kuin

43

seuraava vastaus tulisi. Hänen avaruusolentoystävällään ei tuntunut olevan samaa ongelmaa. Hänen lajinsa eli muutenkin pidempään kuin ihmiset elävät ja lisäksi kuulosti, että halutessaan he pystyivät muuttumaan kuolemattomiksi.

Loppuelämänsä Natalia käytti asian tutkimiseen. Hän keräsi tutkimustiimin, sai rahoituksia ja kuunteli tarkasti muukalaisen kertomuksia. Etsivä löytää ja työ palkittiin. Natalian ollessa 80-vuotias kehitettiin lopulta keino muuttaa ihminen pelkiksi biteiksi, tietokoneohjelmaksi. Nataliasta tuli ensimmäinen kuolematon ja pian hänen muu tutkimustiiminsä seurasi perässä. Mutta kuolematon, ruumiiton mieli ei ollut Natalialle tarpeeksi. Hän halusi lähteä tapaamaan muukalaisia fyysisessä muodossa.

Aluksi Natalian tavoitteilla oli tukijoita, mutta vanhan sukupolven tehdessä tilaa uudelle alkoi kuolemattomuuden käsite hirvittää. Asia nousi maailman laajuiseksi poliittiseksi ongelmaksi, joka lopulta erään radikaalijohtajan myötä päätettiin julmasti. Natalia ja muut kuolemattomat suljettiin taivaalle. Varsin ironista, että vapaudensymbolina pidetystä taivaasta tehtiin maailman julmin ja ikuisin vankila.

Ajat muuttuivat ja kuiden kuolemattomat unohdettiin, mutta Natalia puhuu yhä rakkaalle tähdelleen eikä luovuta ikuisuuttaan. Ikuisuus on loppuen lopuksi pitkä aika. Siinä ehtii rakennella vaikka minkälaisia lähettimiä. Kuitenkin vain puolet kuista on kivisiä ja loput, ne ovat unelmia.

Kahdeksastoista syntymäpäivä

Luna heräsi kylmään. Pian perässä tuli inhottava märkyyden tunne. Oli hiljaista, hiljaisempaa kuin pitkään, pitkään aikaan. Enää ei kuulunut kilinää. Mihin hän nyt menisi, missä olisi oikea suunta. Suljettujen silmien pimeys ei enää ollut rauhoittavaa. Se ei enää luonut turvallisuuden tunnetta. Pimeys oli epävarmaa, pelottavaa. Luna avasi silmänsä ja näki helpotusta.

Juhannus

Allu kahlasi heinikossa niin että varmasti sääret olisivat pian täynnä punkkeja. Mutta Allu ei välittänyt. Hänelle olisi ihan sama vaikka kaikki maailman kulkutaudit tarttuisivat. Tällä hetkellä hänellä oli vain yksi päämäärä. Olisi ehdittävä Pohjoisniemen kärkeen ennen pimeää. Aurinko oli jo lähellä taivaanrantaa, aikaa oli jäljellä enää muutama hassu tunti. Allu kiristi tahtiaan. Kengät olivat kuluneet puhki ja lojuivat jossakin tien poskessa kymmenien kilometrien päässä. Heinät viilsivät jalkapohjien alla.

Pari kuukautta sitten vuorella tapahtuneen kömmähdyksen jälkeen oli alkanut älytön pakomatka. Heidän peräänsä oli lähetetty kaikki kynnelle kykenevät viranomaiset. Armeijakin oli sekaantunut. Allu oli lukenut uutisista, kuinka he olivat tahtomattaan aiheuttaneet valtioiden laajuisia operaatioita. Sitä kukaan ei tiennyt, mikä heidän puuhissaan oli ollut niin jyrkän laitonta, että nyt Keskus halusi kaikille kuudelle kuolemantuomion. Kaikille kuudelle, mukaan lukien hohtava pallo ja pitkäraaja-nainen.

Ne kaksi kummajaista eivät olleet pitäneet tuomiostaan laisinkaan, syyttömiä kun olivat. Tiedä mistä heitäkin syytettiin, mutta syytettiin kuitenkin. Aluksi he olivat jahdanneet Allua ja muita toivoen siten saavansa armahduksen, mutta pakon edessä yhtyneet muiden pakosuunnitelmiin. Tilanteen taas hieman hellittäessä Melissaksi esittäytynyt yritti ilmiantaa heidän sijaintinsa poliiseille. Tästä aiheutui suuri vaiva ja ryhmä joutui erille. He olivat lähteneet eri suuntiin hämmentääkseen armeijaa ja jakautuneet pareihin.

Mel ja Franze pakenivat taivaalle, joten he olivat luultavasti turvassa. Melissalla ja pallerolla oli auto allaan, joka kyllä päihitti nopeudessa minkä tahansa muun maalla kulkevan kulkuneuvon. Allulla ja Lunalla oli ollut kaikkein vaikeinta. He eivät voineet muuta kuin juosta, piiloutua tai tapella. Nytkin Allun selkää vasten hakkasi kaksi massiivista etälamauttajaa ihan vain varmuuden vuoksi. Vaikka Allu olikin kadottanut takaa-ajajansa jo päiviä sitten.

Luna oli ajautunut Allusta erilleen erään viikontakaisen täpärän taistelun aikana. Allu ei pelännyt Lunan puolesta, mutta kyllä hän silti huolehti. Luna oli vähän liian vapaa sielu hänen omaksi hyväkseen. Suunnitelmaan kuului tavata keskikesän yönä, kaikkein hämärimmällä hetkellä, sillä täällä ei tullut laisinkaan pimeä tähän aikaan vuodesta. Jos myöhästyi, jäisi yksin ilman keinoa löytää muita. Luna ei yleensä pahemmin välittänyt aikatauluista, tai rajoitteista, eikä varmasti pelännyt yksin jäämistä, joten Allu mietti aikoisiko Luna edes saapua.

Tasainen heinikko muuttui joutomaaksi. Allu joutui hidastamaan vauhtia, kun piti väistellä kiviä ja kantoja, nokkosia ja piikikkäitä pensaita. Sitten hän löysikin itsensä metsästä ja vähän aikaa juostuaan osui tielle. Viime viikkojen aikana Allu oli oppinut pelkäämään teitä ja siksi siirtyikin tien viereen puiden varjoon juoksemaan kukkasten seassa. Koiranputket ja korkeat lupiinit peittivät hänet hienosti näkyvistä, kun vielä juoksi hieman kumarassa. Eikä aikaakaan kun meri tuli näkyviin.

Pohjoisniemi oli kallioinen. Sen varjoisassa poukamassa, kun hämärän hetki oli lähellä ja lepakot lensivät viheltäen korvien yli, näkyi pieni pursi. Purren laidalla odotti Luna jalkojaan heilutellen. Hänen lettinsä olivat lyhentyneet. Niiden kärjet näyttivät palaneilta, vaikkei Allu voinut olla varma siinä hämärässä. Allu tervehti iloisesti ja meni Lunan viereen istumaan kuin mitään ei olisi tapahtunut. Luna kertoili hyräilynsä välissä juttujansa. Ei mitään tärkeää, muttei mitään turhaakaan, jotakin vain. Allu kertoi kuinka oli eksyttänyt tuhat miestä tunturiin viimeviikolla. He odottivat muita.

Ei kulunut kauaakaan kun metsästä putkahtivat ulos Melissa ja Kauno. Nyt poika näytti varsin laihalta, eikä se hehkunut laisinkaan. Oliko hän tarkoituksella tuon näköinen vai olosuhteiden pakosta, sitä Allu ei tiennyt. Mitään sen kummemmin virkkaamatta kummajaiskaksikko nousi kyytiin ja alkoi valmistella purjevenettä lähtökuntoon. Aurinko ehti jo itäiselle taivaalle, kun loput kaksi saapuivat. He tipahtivat alas taivaalta suoraan kannelle. Mel oli lopen uupunut ja Franze hieman kylmissään, mutta muuten he olivat kunnossa. Ennen kuin ehdittiin tarkistaa, olivatko kaikki varmasti kyydissä, pursi seilasi jo kohti ulappaa.

Allun jalkoja särki ja hän meni ensimmäisenä alas hyttiin paikkaamaan haavojansa. Luna jäi ylös ohjaamaan, tai pikemminkin vahtimaan selustaa. Loput neljä kierivät portaat alas Allun perässä. Kierivät, sillä taaimmaisena tullut Melissa ei mahtunut kunnolla hyttiin johtavasta luukusta ja menetti tasapainonsa kaatuen edessä olevien päälle. Allu nauroi raukeasti, kun toiset yrittivät päästä takaisin pystyyn tönimällä päällään ja allaan olevia.

Pienen välikohtauksen jälkeen tuli kuitenkin hyvin rauhallista. Kaikki löysivät omat paikkansa pienestä, mutta tilavasta hytistä. Alettiin vaihtaa kuulumisia ja hiukan omaa historiaa. Allu huomasi, ettei oikeastaan tuntenut laisinkaan matkakumppaneitaan, mutta silti hän luotti heihin elämänsä. Keitä nämä ihmiset olivat, miten he tänne päätyivät? Allu pohti näitä kysymyksiä kuunnellessaan toisten kertomuksia. Melin tarinassa ei ollut paljoa yllätyksiä, ja kaikki tiesivät miten kummajaiskaksikko päätyi mukaan, mutta Franzen kertomus oli uutta Allulle.

Franzen kertomus:

...Lunan osoitettua merelle, minä tiesin suunnata rantaan. Jätin askareeni kesken ja juoksin satamaan. Laiva joka saapui, ei ulospäin eronnut laisinkaan muista kauppalaivoista, joita aina silloin tällöin osui saaremme kohdalle. Mutta sen laivan sisällä oli jotain hyvin erilaista. Laivalla oli matkustajana hieman minua vanhempi tyttö, siis vii-

49

sitoista-kuusitoista -vuotias luulisin. Tytöllä oli platinan valkeat hiukset ja hän puhui kummallista kieltä. Tyttö oli niin vaalea ja vaimea, että olisin luullut häntä haamuksi, ellen juuri olisi nähnyt oikeaa sellaista.

Minulle kerrottiin, että tyttö oli kotoisin vielä syvemmiltä vesiltä ja oli matkalla Keskustaan kouluun. Ne pari päivää jotka vietin tytön kanssa, vakuuttivat minut siitä, ettei minusta ollut mitään hyötyä kotisaarella. Meidän saaremme pelastaisi vain sisämaan tietäjät. Joten seuraavan vuoden minä luin kaiken vieraista maista kertovan mitä käsiini sain. Sitten lähdin merille. Merillä on hyvin opettavaista ja opinkin sisämaanmurteen, jota varmasti Keskuksessa opiskeleva tyttökin osaa. Harmiksi ensimmäinen ja näillä näkyvin myös viimeinen käyntini Keskuksessa jäi varsin lyhyeksi, enkä ehtinyt etsiä tyttöä...

Kertomuksen lopuksi kaikki nauroivat muistellen sitä läpijuoksua. Ajatella, että he pystyivät nyt jo nauramaan tapahtuneelle. Ehkä he nauroivat, kun itkeminen oli liian rasittavaa. Nyt oli Allun vuoro kertoa, muttei Allun tarina ollut niin hauska kuin muiden. Melissakin oli selvästi juuttunut johonkin Franzen kertomuksessa, eikä varmasti kuullut sanaakaan Allun puheista. Röyhkeä nainen keskeyttikin Allun kesken kysymällä Franzelta: "Franze, luuletko että näyttäisin yhtään siltä tytöltä, jos jätät huomiotta raajani ja arvet ja lisäisit silmiini luomet?"

Franze näytti pöyristynyttä ilmettään ja alkoi

kieltää, ettei ikimaailmassa Melissa pystyisi olemaan se kaunokainen hänen varhaisnuoruutensa muistoista. Melissa heilutti kättään väheksyvästi Franzen loukkauksille ja naputteli jotakin Kaunon paidanselkämykseen. Pian Melissa käänsi pojan selän Franzea kohti ja selitti:

"Totta puhuakseni, minulla on muistoja vain parin viimevuoden ajalta. Olen tehnyt kaikkeni selvittääkseni menneisyyteni ja Kaunon menneisyyden, mutten ole löytänyt yhtikäs mitään vinkkiä. Siksipä tein joitakin aikoja sitten itsestäni kolmiulotteisen mallielman ja muokkasin siitä pois kaikki kehooni ihmisen tekemät muutokset. Nyt nuorensin tuota kuvaa vielä muutamalla vuodella, joten lopputuloksen pitäisi olla kohtalaisen lähellä muistojasi. Ota huomioon, että hiukseni saattoivat olla eritavalla leikatut siihen aikaan."

Franze ja Melissa katselivat kuvaa, Franze kauhun vallassa ja Melissa innostuneena. Allu katsoi tapahtumia hieman etuviistosta ja näki siksi Kaunon ilmeen. Se oli jotain katuvan ja ahdistuneen välistä. Tuolla pikkupojalla oli salaisuus ja iso sellainen. Mutta Kaunon salaisuus unohtui nopeasti, kun Franze pyörtyi. Melin syöksyessä Franzen apuun Melissa nosti pojan ilmaan nauraen. Hän oli viimein löytänyt johtolangan menneisyydestään, eikä mikään voinut pilata hänen iloaan. Ei edes kun Luna ilmoitti kannelta, että heidät oli piiritetty.

51

Taivaan täydeltä valheita

"Aikoja sitten, kun maailma löysi itsensä tienhaarasta, syntyi usko. Tämä uskonto pyöri neljän jumalan ympärillä. Toisin kuin muissa muinaisissa uskonnoissa, nämä jumalat olivat näkyviä, todellisia hahmoja. Ehkä hieman mielikuvituksen värittämiä, mutta silti käsin kosketeltavia, sellaisia olivat Neljän Lohikäärmeen jumalat.

Aikakausien vaihtuessa toisiksi vajosivat monet uskonnot meren syvyyksiin ja katosivat lopullisesti. Ehkä joillain kaukaisilla saarilla vielä harrastetaan jumalointia, mutta kansan mieli ei enää liiku yli-inhimillisissä asioissa. Niinpä nämä neljä materiaalista jumalaa unohdettiin myös, mutta toisin kuin uskojat, he eivät kadonneet minnekään. Yhä tänäkin päivänä saatetaan nähdä taivaslohikäärmeen varjon peittävän auringon taakseen, tai merikäärmeen pään kohoavan aalloista. Kahta muuta lohikäärmettä ei ole nähty sukupolviin, mutta yhä he jossain kiertävät, kuolemattomia kun ovat."

Olen vihdoin viettänyt tarpeeksi aikaa muinaisuskonnoista kertovan kirjallisuuden parissa, jotta pystyn esittämään edes jonkinlaisen tuoreen näkökannan asiaan. Lukiessani mitä erilaisimmista uskonnoista tämä käsiteltävä neljän lohikäärmeen uskonto kiinnitti eniten huomiotani. Se ei ollut laajasti tunnettu, eikä se luvannut kuolemanjälkeistä elämää, ei ikuisuutta, mutta silti lohikäärmeiden palvojat uhrasivat asialle koko elämänsä. Mielessäni heräsi syvä kiinnostus näitä materiaalisia jumalia kohtaan ja pureuduin asiaan.

Kuitenkin saatavissa oleva kirjallisuus oli rajallista ja jouduin etsimään yhdistäviä lankoja aivan muualta, kuin muinais-uskontojen osastolta. Päädyin tutkimaan koko tuota aikakautta, sen teknologiaa, maailman politiikkaa ja ylipäänsä sen paikkaa historiallisissa käänteen tekevissä tapahtumissa. Yritin keksiä, keitä tai mitä nuo lohikäärmeet olivat. Ja kun palaset loksahtivat kohdalleen, löysin itseni taas ihmettelemässä ihmisyyttä.

Neljän lohikäärmeen uskonnon tiedetään ajoittuneen suunnilleen vuosille 2200-2500. Noina vuosina uskonto oli vahvimmillaan, vaikka siitä on löytynyt merkintöjä vielä aivan viimeiseltäkin vuosisadalta ennen Kadonnutta Aikaa. Noista merkinnöistä sai sellaisen kuvan, että neljä lohikäärmettä olivat jotenkin osallisina maailman romahdukseen. Mutten aio vielä syventyä siihen, sillä varmistaakseni epäilyni, minun oli pureuduttava aivan Neljän Lohikäärmeen –uskonnon alkulähteille.

Tämä osa tutkimuksessani oli kaikkein rankin. Jouduin käymään läpi järjettömästi historiallisia tekstejä, mutta se tuotti tulosta. Pikkuhiljaa löysin sen mitä etsin. Tarvitsemani tieto oli ripoteltu sinne tänne, kummallisilla kielillä sivulauseisiin. Nyt tiivistettynä teen julkean väitöksen:

Neljän Lohikäärmeen –uskonnon neljä lohikäärmettä olivat, ovat, todellisuudessa koneita, tehty pelastamaan maapallo ja sen asukit.

Ne rakennettiin yksitellen vuosikymmenten aikana ja tekniikan päästyä huippuunsa lohikäärmeistä tehtiin ikiliikkujia. Planeettaa pelastavat elävän olennon oloiset koneet pyhitettiin jumaliksi ja niiden alkuaikoina rakennettuihin huoltotiloihin asettui ihmisiä elämään. Lohikäärmeistä tuli kuin pieniä kyliä, joita pyhiinvaeltajat viettivät koko elämänsä etsien, sillä vapaasti liikkuvia ja luontaisesti ihmisiä vältteleviä koneita oli vaikea löytää.

Mutta mitä lohikäärmeet oikeastaan tekevät, kuuluu kysymys. Ja tässä lukee vastaus. Kaikki alkoi vanhojen tekstien mukaan merikäärmeestä. Tarvittiin kone tai jokin laite puhdistamaan meret jätteistä. Ja monia vempeleitä siihen tarkoitukseen tehtiinkin, niin kuin aivan hyvin tiedetään. Mutta vuonna 2053 lähetettiin merille ihmisten miehittämä alus roskia keräämään. Ensimmäinen lohikäärme oli syntynyt ja seuraavan vuosisadan aikana se oppi liikkumaan itse ja kierrättämään roskat takaisin luontoon ilman tarvetta viedä niitä erikseen kierrätyskeskuksiin.

2100-luvun alkupuolella rakennettiin toinen lohikäärme puhdistamaan ilmakehää ja kolmas lohikäärme maalle. On hieman epäselvää, mitä kaikkea maalohikäärme pystyi tekemään, mutta ainakin se hoiti aavikoitumis-ongelmaa ja jäteongelmaa, joka tiedettävästi oli tuohon aikaan huipussaan. Kun vuonna 2201 lohikäärmeistä saatiin ikiliikkujia, jotka eivät enää tarvinneet lainkaan ihmisten huoltamista, rakennettiin neljäs lohikäärme. Siitä tehtiin täysin puolueeton sotakone. Jos jossakin syttyi sota, tulilohikäärme pysäytti sen alkuunsa.

Näiden tietojen perusteella voidaan siis olettaa, että Neljän lohikäärmeen –uskonto on kaikista maailman uskonnoista myös kaikkein konkreettisin, että kaikkein tarpeellisin. Nykyhetki olisi varmasti erittäin erilainen, jos lohikäärmeitä ja tuota uskontoa ei koskaan olisi syntynyt. Voisi jopa sanoa, että ainoata kertaa uskonto on oikeasti pelastanut ihmiskunnan. Mikä sinänsä on jo ihme, vaikkei koneissa itsessään mitään niin ihmeellistä olekaan.

Mutta (näissä asioissa on aina mutta) uskonnot ovat tiettävästi tuoneet myös mukanaan epäonnea. Historia on sen monesti todistanut, ettei uskontoa voi olla olemassa ilman äärimmäisyyksiin meneviä tomppeleita. Uskonto tarvitsee aina vahvat vastustajat, sekä vahvat puolustajat. Entä miten suuri vastus voikaan olla uskonnolla, joka niin jyrkästi parantaa maailmaa. Miten suureksi se voi paisua vuosisatojen aikana, kun he jotka haluaisivat protestoida, pysäytetään silmänräpäyksessä itse jumalan kouralla?

On olemassa teoria, jonka mukaan Kadonnut Aika oli kolmas maailmansota. Tai teorian mukaan se oli historiamme ainoa oikea maailman sota, sillä siihen todella osallistui koko maailma. En ole koskaan ajatellut tätä teoriaa muuna kuin pelkkänä mielikuvituksen tuotteena, enkä usko siihen vieläkään, mutta olen löytänyt johtolangan. Viimeisissä merkinnöissä ennen Kadonnutta mainitaan tulilohikäärme, kuinka se oli saatu kiinni ja miten siitä tehtiin ohjailtava sotakone. Kuinka vuosituhannen maailmanrauhaa ylläpitänyt kone aseistettiin tarpeettoman tuhoisilla aseilla. Sen jälkeen alkaa tyhjä, tiedottomuuden pimeys.

Keskuksen ylimmäntason historiantutkija professori Ylermi Konstantin Trasdemopolishna 05.02.394

Kuinka valo sai pimeyden osakseen

Oli kulunut päiviä siitä, kun he olivat viimeeksi nähneet armeijan veneitä. Tuuli ei ollut puhaltanut pihaustakaan koko päivänä. Meri heijasti tyynesti heinäkuisen auringon paahtaen matkustajia entisestään. Franze oli ainoa joka viihtyi siinä kuumuudessakin, joten hän sai istua ruorissa ja vahtia väreilevää taivaanrantaa. Aurinkomoottorit surisivat hiljaa purren lipuessa eteenpäin. Muut olivat päiväunilla.

Muiden uneliasta tuhinaa kuunnellessa alkoi Franzenkin silmät lumpsahdella kiinni, kun hän huomasi hahmon veden päällä. Franze luuli ensin näkevänsä unta, sillä mitä lähemmäs pursi lipui, sitä kummallisemmaksi näky muuttui. Lopulta hänen oli pakko herättää muut, sillä meren päällä todella seisoi ihminen. Kun he pääsivät hymyilevän hahmon vierelle, Franze pysäytti veneen.

Unisia silmiään hierova miehistö ei heti ymmärtänyt miksi vene oli pysähtynyt. Sitten Kauno riuhtaisi itsensä irti Melissan syleilystä ja kipitti aivan laidalle. Hänen naamansa alkoi hohtaa innostuksesta, kun oli ensin hihkunut täyttä kurkkua: "Se on lohikäärme! Aito lohikäärme! Voitko uskoa tätä? Ah ah a hah hah haa!" Melissakin juoksi laidalle, mutta vain vetääkseen pojan kauemmas vedenrajasta ja kummallisesta miehestä. Tai naisesta, Melissa ei pystynyt sanomaan ulkonäön perusteella.

"Höpsö, ei mitään lohikäärmeitä ole olemassakaan", sanoi Melissa rauhoitellen hysteeristä

Kaunoa. Pojan vihdoin hiljennyttyä tervehti veden päällä seisova ihme: "Tervetuloa! Tulittekin juuri sopivasti. Nyt, olkaa hyvä ja seuratkaa." Sinisessä kaavussaan hahmo pyörähti ympäri, niin että hänen keltaiset hiuksensa hypähtivät. Antamatta aikaa vastustella, lähti tuo ihme kävelemään kohti kaakkoa ja pursi lipui hänen perässään. Franzella ei ollut aavistustakaan miten, sillä moottorit olivat poissa päältä ja tuuli oli yhtä tyyni kuin kuissa.

Retkikunnan saavuttaessa merenpinnasta nousevaa kohoumaa oli aurinko ehtinyt läntiselle taivaanrannalle. Ympärillä lenteli sudenkorentoja suurissa parvissa. Sieltä täältä nousi vankkavartisia kaislikkoja. Välillä muutama vesilintu pärski lentoon heidän purtensa edestä. Tiennäyttäjän keltainen tukka hypähteli iloisesti askelten tahdissa. Kuulosti siltä kuin hän olisi hyräillyt kulkiessaan, mutta se saattoi olla vain tuulien ja aaltojen sinfoniaa.

Missään ei näkynyt kuivaa maata. Vain toisinaan kun vene lipui aivan kaislikkomättään ohitse, saattoi nähdä metallisen kiilteen välkehtivän pinnan alla. Mutta sekin saattoi olla vain aaltojen välkehdintää.

Taivaan alkaessa heijastaa vaaleanpunaisia sävyjä ja meren muuttuessa oranssiksi kolahti vene johonkin. Kyytiläisten kurkistellessa laidan yli, etsien syytä äkkinäiseen pysähdykseen, aukeni heidän edessään kammio. Sen katto nousi merestä heittäen mukanaan valtavat aallot. Vesi syöksyi kannelle asti ja pärskien he joutuivat ihmettelemään tuota kitaa. Sanomatta mitään heidät johdatettiin onkalon pimeyteen.

Veneen lipuessa yhä syvemmäs onkaloon, pimeys heidän ympärillään tiheni. Lähes huomaamatta alkoi Kauno taas hehkua ja niin alkoi hehkua tiennäyttäjän keltainen tukkakin. Ne heiluivat puolelta toiselle kuin kohtalon esirippu. Hypnoosin omainen eteneminen lakkasi, kun vene kohtasi karin. Kaikki kyytiläiset joutuivat hakemaan hetken tasapainoaan ja tiennäyttäjä painoi katkaisijaa. Onkalon täytti valkoinen sähkövalo. Franze joutui siristelemään hetken silmiään, ennen kuin pystyi erottamaan mitään siitä kirkkaudesta.

Oli saavutettu hetki, jolloin kukaan ei enää tiennyt mitä tehdä. Jopa tiennäyttäjä vain seisoi paikoillaan tuijotellen yönvärisillä silmillään. Luna kohautti olkiaan ja tuli ilmeisesti jonkinlaiseen lopputulokseen heidän tilanteensa suhteen. Hän hyppäsi alas kummalliselle sammallattialle ja käveli tiennäyttäjän ohi kohti edessä siintäviä ovia. Luna saattoi sittenkin tietää enemmän kuin antoi ilmi, sillä hän lauloi kulkiessaan kummallista laulua lohikäärmeistä. Muut kuuntelivat tuon ikivanhan laulun sanoja hiljaisina. Tiennäyttäjänkin konemainen hymy vakavoitui keskittymisestä.

Luna naurahti, kun hänen edessään oleva ovi aukeni. Muut lähtivät pian Lunan perään kohotellen hieman kulmiaan. Kauno alkoi hyräillä Lunan laulamaa laulua ja Melissalla oli vaikeuksia pitää

59

tämä rauhallisena, sillä poikaa kiinnosti tämä uusi tilanne aivan hillittömästi. Tiennäyttäjä tuli viimeisenä. Hänen hymynsä oli kadonnut ja keltaiset hiukset roikkuivat.

Huone, johon he yhdessä astuivat, oli mitä kummallisin huone. Seinät, lattiat, pöydät ja tuolit sulautuivat toisiinsa erikoisin tavoin ja kaikki kiiltelivät metallisina, muovisina ja hassun kasvimaisina. Oli vaikea sanoa mistä suunnasta valo tuli ja varjojen puutteessa kaikki näytti kummallisen luonnottomalta. Pöydät oli katettu ihmeellisillä herkuilla ja huoneessa tuoksui ruoka. Vieraiden vatsat kurnivat yhteen ääneen.

Tiennäyttäjä astui eräänlaiselle näyttämölle, joka oli itse asiassa vain matala koroke toisella puolella huonetta. Hän teki kummallisen tervehdyksen käsillään ja hymy palasi noille uurteettomille kasvoille: "Tervetuloa pienet lohikäärmeeni! Olkaa hyvä ja käykää pöytään. Joudumme hieman vielä odottamaan muita vieraita, mutta nauttikaamme näistä herkuista sillä välin. Kun mahalaukkunne ovat täynnä, näytän teille mielelläni makuutilat, joten olkaa kuin kotonanne. Minä olen Maare ja saavun kutsuessanne."

Maaren ääni oli puhdas, kuin soittimella soitettu, mutta samalla vanha. Kuin tuo ääni ei olisi päässyt soimaan hyvin pitkään aikaan. Hänen vaatteensakin olivat vanhat, ikivanhat. Koko paikka huokui sellaista historian tuntua, että jopa Allu pystyi aistimaan sen. Mutta tällä hetkellä ainoa todella kiinnostava historia löytyi menneiden aikojen ruoista, jotka höyrysivät pöydillä. He eivät olleet syöneet kunnollista ateriaa päiviin ja vaikka viime aikoina he olivat joutuneet oppimaan olemaan nälän kanssa, niin nyt se tuntui mahdottomalta. Pian alkoivat vadit tyhjentyä.

Paitsi Kaunolla ja Lunalla ei ilmeisesti ollut nälkä, sillä Kauno ei lopettanut inttämistä. Hän halusi välttämättä mennä tutkimaan Maarea. Melissan jo hermostuessa lapsen yllättävän lapsekkaaseen käytökseen Luna tarjoutui menemään Kaunon kanssa tutkimusretkelle. Melissa suostui ajattelematta asiaa sen enempää ja Kauno lähti kiltisti seuraamaan Lunaa. He ottivat ohimennen muutaman keksin mukaansa mennessään Maaren luokse. Siellä he vaihtoivat muutaman sanan ja jatkoivat sitten Maare oppaanaan eräästä ovesta syvemmälle luolastoon. Sillä luolastolta tuo paikka vaikutti pyöreine seinineen ja kosteine sisäilmoineen.

Lunan huomautukset

Rakas päiväkirjani, päätin lopulta aloittaa näiden tapahtumien ylöspanon. Nyt kun silmänikin ovat avautuneet, ei kirjoittaminen tuota mitään ongelmia. Olisin oikeastaan halunnut kirjoittaa tapahtumista jo aiemmin, mutta viime kuukaudet ovat olleet hiukkasen kiireisiä. Joten nyt kun olemme täällä, missä ikinä tämä onkaan, ja tahti on hieman rauhoittunut, sekä satuin löytämään oikeata paperia ja tällaisen kynänkin, niin taitaa olla oikea hetki päiväkirjan kirjoittamiseen.

Juttuhan siis on, että ympärilleni on muodostunut ihan kunnon sotku. Eikä minulla ole hajuakaan miksi, tai on minulla aavistus, mutta vain aavistus. No hyvä on, ovathan asiat olleet ympärilläni aina hieman epävakaita, mutta nyt olen ajautunut oikeaan seikkailuun. Enkä ole ainoa tähän seikkailun silmään sotkeutunut. Yhdestä ja toisesta syystä olen poiminut nämä kummajaiset mukaani. Tai he ovat pikemminkin tarttuneet mukaan. Hajuako minulla miksi.

Kun sanon kummajaiset, minä todella tarkoitan sitä. Myönnettäköön etten minäkään ihan normaali ole, mutta verrattuina näihin sekopäihin... huh, huh. Aloitetaan vaikka tästä Allusta, kun on päässyt järkyttävän ensivaikutelman yli, niin hän vaikuttaa ihan mukavalta. Mutta ei mennyt montakaan päivää, ennen kuin oli selvää, että tytöllä on vakavia persoonallisuushäiriöitä. Luultavasti pitkän linjan geenimanipulaation ja varhaislapsuuden aikana tehtyjen bioteknisten muutoksien haittavaikutusten tulosta. Ei tässä voi kun ihmetellä, miten sellainenkin sekopää päätyi tähän sotkuun.

Sittenhän meillä on tietenkin jo syntyessään epäonnistuneeksi kokeeksi määritelty täysin keinotekoinen kyborgi. Ohjelmoinnissa oli mennyt joku kai pieleen, eikä se koskaan tajunnut olevansa ihminen. Tutkimusrahojen loppuessa se oli myyty ja uusi omistaja oli pian huomannut ostaneensa jotakin täysin hyödytöntä. Se hylättiin puistoon, jossa se pulujen ympäröimänä luuli itsekin olevansa pulu. Säälittävä tapaus. Jouduin pelastamaan sen taivaalta, kun ei itse osannut tulla alas.

Mutta onhan meillä vieläkin säälittävämpi heppu täällä. Mel sentään osaa edes hiukan tapella, mutta tämä Franze, ihan hyödytön. No hyvä on, tyyppi on ihan kätevä mitä tulee merimatkailuun ja suunnistamiseen. Silti tässä yhtenäkin päivänä, kun meitä kohti ammuskeltiin äänennopeudella kulkevia lämpöohjautuvia ohjuksia, niin Franze vain seisoi peilin edessä kampaillen tukkaansa. Sotaan ei kuulemma voinut astua hiukset aamupörröllä. Oikeasti sitä vain pelotti käydä ruorin taakse. Näin kun sen polvet tärisi.

Sitten on vielä menneisyytensä unohtanut prinsessa ihmiskokeiden huipulta ja tämän lemmikki. Minulla kulkee kylmät väreet selässä joka kerta kun näen ne moneen kertaan uudelleen rakennetut kehonosat. Mutta vielä enemmän minua pelottaa se lemmikki. Robotti jonka sisälle on ajettu ihmismieli, eikä ihan mikä tahansa ihmismieli.

Kukaan muu ei tunnu huomaavan sitä. En kyllä aio sanoa mitään, ellei suoraan kysytä. Silloinkin saatan nopeasti vaihtaa puheenaihetta. Se lemmikki on vaarallinen.

Minusta tuntuu, että tiedän matkakumppaneistani enemmän kuin he tietävät itse itsestään. Mutta kukaan ei ole koskaan kysynyt minulta heidän omista menneisyyksistään, joten en ole koskaan saanut tilaisuutta kertoa. No, ei sillä että menneisyydellä välttämättä olisi mitään väliä. Jotenkin vain olen päätynyt miettimään näitä asioita varsinkin nyt kun olemme päätyneet tämän androidin luokse, Maareko hänen nimensä oli. Sillä olen joutunut huomaamaan, että me kaikki asetumme erikohtiin janalla, jonka toisessa päässä seisoo ihminen ja toisessa kone. Toisessa päässä Franze, toisessa Maare, minä olen varmaan jossain keskivaiheilla.

64

Tallenne, kirjasto, nro GF5000627889314

"Zzzzh" (Oven aukeamisen ääni)

"Tässä on kirjastomme. Paperikirjoja meillä on täällä 3492 kappaletta, joista vanhin on yli tuhat vuotta vanha. Lisäksi meillä on täällä näyttöpääte, josta pääsee käsiksi lähes kaikkeen ihmiskunnan kokoamaan tietoon. Siksi tilasta käytetäänkin usein lempinimeä *Lohikäärmeen aivot*. Vierainamme olette tietenkin vapaita tutustumaan näihin *aivoihin*, mutta valitettavasti tietojen kopiointiin teidän on pyydettävä erillinen lupa hallinnonylläpitäjältä." (Vesikäärmeandroidi Maaren ääni)

"Jaa, kukahan tämä ylläpitäjä sitten mahtaisi olla?" (Puolieliö Lunan ääni)

"Hallinnonylläpitäjän sijainti tietämätön." (Maare)

"Hm, niinpä tietysti. Missä se näyttö on?" (Epäeliö Kaunon ääni)

(Askelia)

(Kirjan sivujen kääntelyä, epätasaista hengitystä, näyttöpäätteen naputtelua)

"Jos ette löydä etsimäänne, voitte kysyä minulta. Minun hakukoneeni on kehittyneempi kuin näyttöpäätteen." (Maare)

"Hyvä. En oikein tiennytkään millä sanoilla hakea.

Joten kertoisitko, mitä tapahtui Kadonneena aikana?" (Kauno)

"Kadonnut aika. Historian kirjoista kadonnut ajanjakso, ei minkäänlaisia sähköisiä merkintöjä. Viimeiset merkinnöt ennen Kadonnutta aikaa ovat vuodelta 3182. Ensimmäiset merkinnöt Kadonneen ajan jälkeen ovat noin neljänsadan vuoden takaa. Kirjastossa tietoaukko noin kahdensadan vuoden ajalta, joten en voi kertoa sinulle mitä silloin tapahtui. Voin koota näytölle digitaalisia vihjeitä ympäröiviltä vuosilta, jotka voit käydä läpi ja muodostaa päätelmän. Lisäksi meillä on paperikirja tuolta puuttuvalta ajalta, jonka sisältöä olemme epäonnistuneet tulkitsemaan." (Maare)

"Kirja? Missä se on?" (Kauno)

"Sijainti tietämätön." (Maare)

"Tottakai. Hyvä on, kokoa ne vihjeet." (Kauno)

(Puhinaa)

"Voisinkohan minäkin kysyä jotain?" (Luna)

"Tottakai. Mitä haluaisit tietää?" (Maare)

"No, käytäisiinkö istumaan tähän, niin kysyn sitten." (Luna)

"Hyvä on, vaikkei minun tarvitse istua. Haluaisitko virvokkeita?" (Maare)

"Kyllä, mielelläni. Oi! Kiitoksia, rakastan suola-kakkusia. Sinähän olet Vesikäärme, eikö juu?" (Luna)

(Syömisen ääniä)

"Minä olen vain osa Käärmettä, mutta olet toki vapaa käsittämään minut Käärmeen persoonana." (Maare)

"Vain niin. Minä olen Luna, mutta senhän sinä taisitkin jo tietää?" (Luna)

"Kyllä, sen minä tiesin jo." (Maare)

"Aivan, joten miksi kutsuit meidät sisään?" (Luna)

"Tuo on vaikea kysymys... Olen kai odottanut tuli-joita jo niin pitkään, että satuin kutsumaan tei-dätkin, vaikkette varsinaisesti lohikäärmeitä ole-kaan." (Maare)

"Mutta osumme tarpeeksi lähelle. Kysymys onkin siis, ketä sinä olet niin kauan odotellut?" (Luna)

"Toisia Lohikäärmeitä." (Maare)

"Sinä näytät surulliselta sanoessasi noin, miksi?" (Luna)

"En voi näyttää surulliselta. Olen androidi, eikä minulla ole tunteita." (Maare)

"Äh, okei okei. Miksi sinä odotat muita Lohikäärmeitä?" (Luna)

"Alkuperäisessä ohjelmoinnissa, kun saimme itse vapauden valita päämäärämme, kirjoitettiin eräs lupaus. Kerran sadassa vuodessa kutsuttaisiin kaikki kokoon, vietettäisiin palaveri ja illanistujaiset ja sitten lähdettäisiin taas omiin suuntiimme. Tätä tarkoitusta varten minut alun perin luotiin. Toimisin seremoniamestarina vuosisadasta toiseen, jotta perinteet pysyisivät perinteinä. Mutten enää saa yhteyttä muihin. Olen joutunut hajaantumaan ympäri palloa etsiessäni heitä. Ja pikkuhiljaa palaset ovat kokoontuneet. Tällä hetkellä alan olla alkuperäisissä mitoissani. Lisäksi olen löytänyt palasia Maakäärmeestä ja Taivaskäärmeestä. Olen odottanut yli puolituhatta vuotta. Liian pitkään." (Maare)

"Huh huh, aika pitkän aikaa. Mutta älä huoli, olen huomannut, että minulla on erikoinen taito koota porukkaa yhteen. Sitä paitsi nythän me olemme täällä. Kaikki kyllä järjestyy." (Luna)

"Hetkinen! Sanoitko puolituhatta? Eli viisisataa vuotta. Se sijoittuu Kadonneelle ajalle. Mitä tapahtui?" (Kauno)

"En muista. Ei löydy tietoja. Mutta tiedän, että edellisestä kokoontumisesta on noin viisisataa vuotta. Jos sen tiedon pyyhkisi muististani, en enää olisi minä." (Maare)

"Eli siis Kadonnut aika ei olekaan kadonnutta vaan piilotettua, poistettua! Ensimmäinen ehdoton todiste siitä, että nuo vuodet todella on pyyhitty maailman suurimman salaisuuden aikaan-saamiseksi. Läpimurto, läpimurto!" (Kauno)

Yhteys ylempään

Ah, mäki on liian jyrkkä. Pakko jatkaa jalkaisin. Miksi helvetissä minä edes lähdin jahtaamaan näitä hulluja? Ja raahasin Kaunonkin mukaan. No, poika sentään juoksee ihan reippaasti. Vaikuttaa kummallisen innostuneelta. Ei sillä, etten minäkin olisi. Tuntuu siltä, että nämä nuoret saattaisivat olla jonkinlainen johtolanka. Äh, mäki on liian jyrkkä, pakko hidastaa vauhtia.

Eikö tämä vuori koskaan lopu? Nyt on jo yö. Ei tätä enää voi kutsua takaa-ajoksi, kun saalis on kauan sitten kadonnut näkyvistä. Silti yhä vain ylemmäs sitä tässä kuljetaan. Mutta ei auta, kun on upea yö! Olihan tämä laskettu jo kauan sitten, että tänä yönä kuut menisivät linjaan, mutta erilaiseltahan se taivaalla näyttää kuin paperilla. Mikä esteetön näkymä linnunradalle! Pakko jälkeenpäin lukea kaikkien raportit tämän yön tapahtumista, mutta tuolla näkyy huippu. Ja kappas, siellähän on nuorisoa.

Mitä? Meri! No, tuota ei kyllä ennustettu! Mitä se punatukka tekee? Sehän leijuu! Olen kyllä lukenut sellaisestakin bioteknologiasta, mutta ajatella... Hei, Kauno? Kauno! Mikä, mikä on? A-aa-aargh! Aivot... Aivot räjähtää. Mitä tämä on? Rrrrg, korvissa soi. "Bzzz, yhteenzz, yhteen. Kokoontukaa. Reboot, reboot. Lataus käynnissä. Bzzz." Oliko se Kauno? Vai minäkö noin sanoin, vai oliko se ääni pään sisällä? Herran jumala, nyt lähtee taju.

Heräsin. On aamu. Vaatteet ovat merivedestä suolaiset. Kauno on vielä tajuton. Että jokin näin pienikin voi painaa näin paljon. Noh, vaikuttaa siltä, että nuoretkin ovat olleet tajuttomina jonkin aikaa. Kultatukka poika ja musta tyttö ovat jo hereillä. Tyttö vaikuttaa kovin apaattiselta, eikä välitä laisinkaan vaikka potkaisen häntä yrittäessäni kysyä, mitä tapahtui. Poika yrittää herättää toista poikaa. Kappas, se heräsi. No nyt Kaunokin, kukaan ei kysy mitään. Toisesta tytöstä ei näy muuta kuin oranssi tukka pinkin takin alta. Että minun elämäni on outoa.

Tuulissa humistua

Koordinaatit on lukittu. Viime yön paljas taivas oli harvinaisen puhdas elektronisesta häirinnästä ja signaali pääsi läpi. Meillä ei ole keinoa muuttaa päämäärää. Arvioitu saapumisaika on 169 vuorokauden kuluttua. Minne sitten ikinä tulemmekin saapumaan. Nykyiset koordinaatit johtavat suoraan keskelle merta uusimman kartan mukaan. Syvyyskoordinaatti kertoo, että tulemme laskeutumaan merenpinnan tasolle. Vain vanhimmissa historian kirjoissamme on tästä merkintä. Vaikuttaa siltä, että Maare on järjestämässä juhlia pitkästä aikaa. Niin Aeris ainakin sanoi. Pelko ja jännitys vaihtelevat sydämissämme, mutta uskomme ettei jumalat meitä harhaan ole johtamassa.

Kuissa kuultua

Koordinaatit on lukittu. Viime yön yritys epäonnistui voi niin monella tapaa. Riittävää yhteyttä ei luotu avatareihin ja ihmispoika aiheutti tarpeetonta häiriötä. Lisäksi tuona lyhyenä aikana, kun suljimme häirintäverkon hakkeroituaksemme avatareiden systeemeihin, jonkun muun onnistui tunkeutua meidän laitteistoomme. Totaali epäonnistuminen. Nyt kaikkein hyödyllisimmät liittolaisemme Geo ja Ignis ovat matkalla maahan. Me olemme tietysti myös, sillä kaikista yrityksistä huolimatta emme ole pystyneet muuttamaan lohikäärmeiden alkuperäisiä asetuksia. Ja astumalla maan ilmakehään pakotamme ihmiset sotaan. Sillä jollemme puolusta itseämme asein, he poistavat meidät kiellettynä historiana. Ja vaikka puolustaudummekin, he poistavat meidät silti. Ihmisten aseet ovat tehokkaampia kuin meidän.

Oveluus on kuin ketun hymy pakkasaamuna

Melissa istui sänkynsä laidalla. He olivat viettäneet tässä kummallisessa aluksessa jo useamman viikon. Melissan ajankäsitys oli kadonnut täysin tässä merenalaisessa sokkelossa, jonka seinistä tihkui fosforista vihertävää valoa öin ja päivin. Vain tietyt tilat sai valinnan mukaan valaistua tai pimennettyä. Valitettavasti nukkumatilat eivät kuuluneet näihin. Mutta ei sillä, että Melissan hämärä ajantaju olisi johtunut pelkästään hassusta valaistuksesta. Viime viikot olivat kuluneet järjettömässä juhlinnassa ja satojen kirjojen lukemisessa. Yöt ja päivät olivat yksinkertaisesti kadonneet kaiken muun tieltä.

Ajatuksiinsa painautuneena Melissa antoi luomettomien silmiensä vaeltaa pienen huoneen seinämillä. Hän unohtui tuijottamaan kuinka mittarimato teki hitaasti matkaa poikki pystysuoran kirjahyllyn. Melissa oli itse tuonut hyllyn tänne, jotta voisi lukea kirjoja iltaisin ennen nukahtamista, mutta yleensä hän vain nukahti kirja kädessä kirjastoon. Oli harvinaista, että Melissa edes oli omassa huoneessaan. Nyt hän oli tullut vain viettämään pienen ajattelutuokion. Yhteisissä tiloissa se oli vaikeaa, sillä tällä kertaa hän ei halunnut puhua ajatuksistaan ääneen jollekin toiselle. Oli saatava miettiä asia loppuun ennen kuin kaikki olisi pilalla.

Mitä Melissa ajatteli, sen tietää vain hän itse, mutta Kauno oli käyttäytynyt viime aikoina oudosti. Oikeastaan Kauno oli aina ollut hieman kummallinen verrattuna muihin pikkupoikiin, mutta Melissa ei koskaan ollut tavannut toisia pikkupoikia, joten ei hän voinut olla varma. Kuitenkin tänne saapumisen jälkeen Kauno oli alkanut saada hyvin erityisiä piirteitä. Eivätkä nuo piirteet sopineet laisinkaan Melissan mielikuvaan pikkupojasta. Kauno ei enää tehnyt mitään muuta kuin istui vain tunti kaupalla sen kirjaston näyttöpäätteen edessä. Poika ei syönyt, ei juonut, ei nukkunut. Istui vain ja luki. Välillä kysyi jotakin Maarelta.

Tämän Melissa oli vielä jotenkin hyväksynyt. Olihan hän itsekin hyvin pitkälti samalla linjalla. Mutta eilisestä lähtien Kauno ei ollut astunut jalallakaan kirjastoon. Hän ei ollut huoneessaan, eikä ruokasalissa, eikä keittiössä, eikä maisemahuoneessa. Maisemahuone oli oikeasti tilava olohuone, jonka seinistä ja lattiasta näkyi läpi. Sieltä pystyi näkemään lattian ali uivat kalat sekä taivaan yli kulkevat valot. Se oli Melissankin standardien mukaan kaunis tila ja muut viettivät siellä suurimman osan ajastaan. Mutta Kaunoa ei löytynyt sieltäkään. Melissan oli lopulta täytynyt kysyä muilta, tiesivätkö he missä Kauno oli.

Maareakaan ei ollut näkynyt missään, joten Melissa palasi maisemahuoneeseen. Allu löhösi siellä pelaamassa jotain peliä. Allun oikea nimi on kuulemma Aurora, tai niin tyttö joskus oli kertonut. Melissa ei tiennyt, miksi joku jolla oli niinkin kaunis nimi, halusi välttämättä esiintyä Alluna. Silloin ei kuitenkaan ollut oikea hetki kysyä siitä, joten Melissa kysyi Kaunosta. Allu kertoi, että he olivat aikaisemmin olleet kirjastossa Lunan kanssa ja keskustelleet aluksen konehuoneesta, jonka he olivat löytäneet tutkimusretkillään. Kauno oli ollut todella kiinnostunut heidän puheistaan ja saatuaan selville konehuoneen sijainnin hän oli lähtenyt juosten sitä kohti. Puhuessaan Allu vaikutti kovin surulliselta. Hän oli kai taas viettänyt viime päivät itkien.

Melissa huokaisi ja heittäytyi sängylleen makaamaan. Ehkä pitäisi nukkua ensin yön yli. Uni ei vain ottanut tullakseen, kun ajatukset hyrräsivät. Melissaa pelotti mennä konehuoneeseen etsimään Kaunoa. Hän ei halunnut löytää Kaunoa sieltä sörkkimästä tämän upean bioteknologian kruununkiven sisuksia. Melissa heitti kaiken toivonsa peliin uskotellessaan itselleen yhä uudestaan Kaunon olevan vain tavallinen poika. Mutta kun Luna koputti oveen voidakseen jutella hiukkasen, Melissan oli pakko hyväksyä totuus. Nyt oli mietittävä miten edetä tästä.

Syksyn pimeyden laskeutuessa

Franze heräsi epäuskoisena. Syksyn ensimmäinen myrsky oli ohi ja he olivat selvinneet siitä naarmuitta. Myrsky oli heitellyt alusta ylösalaisin ja ympäri, mutta vieraat olivat vain kokoontuneet maisemahuoneeseen ja seuranneet jylhää näytöstä vaikuttuneina. Maarekin oli liittynyt heidän seuraansa ja kertonut, ettei heillä olisi mitään vaaraa. Alus oli käytännössä tuhoutumaton, tai siltä se Franzesta kuulosti. Oli ollut upeaa seurata salamoiden välkkeessä jyrisevää merta ja he olivat päätyneet taas juhlistamaan tilannetta Maaren vuosisatojen aikana valmistamalla viinillä. Aamuyöstä kun meri oli jo tyyntynyt, olivat he vielä jatkaneet keinumista auringonnousuun.

Se mitä yönaikana oli oikeasti tapahtunut, katosi nopeasti Franzen mielestä, kun jyskyttävä päänsärky tökki ohimoa. Aurinko oli jo laskemassa, mikä tarkoitti sitä, että he olivat nukkuneet koko päivän. Jopa Maare näkyi nojaavan sohvan käsinojaan torkahdellen. Franze päätti lähteä etsimään jostain särkylääkettä. Harmi vain, että Franze oli alimmaisena valtavassa säkkituoli-ihmiskasassa ja noustessaan päätyi herättämään kaikki muut. Uneliaat krapulaiset reagoivat hitaasti, joten Franzen odotellessa Lunan ja Melin siirtyvän pois tieltä hän ehti ihailla punaisen sävyissä laskeutuvaa aurinkoa. Varsinkin yllä leijuvat suuret kumpupilvet olivat ihanan vaaleanpunaisia.

Haettuaan särkylääkettä Franze palasi maisemahuoneeseen. Nyt kaikki olivat jo aivan hereillä. Maare oli tuonut hiukan syötävää, eikä Luna lakannut laulamasta. Allu nauroi hysteerisenä karmiinin punaiselle taivaalle. Kaikki olivat harvinaisen hyvällä päällä, kunnes Mel kysyi: "Kuvittelenko minä vain, vai näyttääkö teistäkin tuo pilvi hiukan oudolta?" Franze katsoi Melin osoittamaa pilveä, joka ei kyllä yhtään näyttänyt pilveltä. "Se tulee koko ajan lähemmäs, epäluonnollisessa kulmassa ja suoraan kohti. Se laskeutuu", Mel vielä jatkoi. Luna lopetti laulamisen ja tarkkaili pilveä vihreillä silmillään. Maare vastoin luontoaan huudahti: "Ei se ole pilvi. Se on Lohikäärme!" Kaunon silmät aukenivat lähes yhtä suuriksi kuin Melissan luomettomat silmämunat.

Taivaslohikäärmeen lähestyessä minuutti minuutilta alkoivat erinäiset hyörinät. Kuin nappia painamalla muuttui Maare taas koneeksi ja lähti mitään sanomatta suorittamaan tehtäviään. Koko alus alkoi jyristä vuosisatoja horrostaneiden toimintojen käynnistyessä. Merellä nousi tuuli, ensiyöstä tulisi taas myrskyisä. Jo saapuneet vieraat eivät tienneet mitä tehdä, mitä odottaa, joten jokainen päätyi tekemään mitä he usein tekivät odottamattomissa tilanteissa. Franze meni huoneeseensa vaihtamaan vaatteita, Allu pyörtyi psykoottisena, Mel istui alas seuraamaan tilanteen etenemistä, Melissa jahtasi Kaunoa, joka oli hillittömän hepulin riivaama, ja Luna meni keittiöön auttamaan koneita ruuanlaitossa. Idässä alkoi vihertää.

Se oli hurjan näköistä. Useiden kilometrien pituinen, jonkinlaisen ovaalin muotoinen alus laskeutui hiljalleen kohti. Mitä alemmas se tuli, sitä vähemmän tuo Lohikäärme muistutti pilveä. Mel ei osannut päättää minkä värinen sen pinta oli. Hetkittäin tämä Lohikäärme nimittäin muuttui läpikuultavaksi. Sitten se olikin selkeän valkoinen tai hopeisen metallinen ja pian se hohti punaisena kuin aurinko.

Auringon laskettua, vain suuri Äitikuu ehti virnistää pilven takaa ennen kuin sekin peittyi ja sade alkoi. Kauaa ei sade kuitenkaan peittänyt Melin näköalaa, sillä Lohikäärme oli nyt aivan heidän yllänsä hohtaen kellertävää valoa ja sade jäi sen taa. Meri tyrskyi vaahdoten maisemahuoneen ympärillä, kun Lohikäärmeen valtavat moottorit laittoivat sen liikkeelle. Mel joutui takertumaan lattiaan kiinni, sillä huone keikahti kyljelleen toisen Lohikäärmeen viimein iskeytyessä mereen. Kesti kauan ennen kuin Mel pystyi erottamaan mitään yli hyökyvästä merestä. Lohikäärmeen kylki oli avautumassa.

Ulkona oli nyt valoisaa, sillä taivaalta tulleen lohikäärmeen ikkunoista hehkuivat sähköt. Mel nousi seisomaan meren hieman tyynnyttyä ja painautui ikkunaan kiinni nähdäkseen paremmin. Aivan suoraan edessä, ehkä sadan metrin päässä, keskellä merta seisoi Maare. Hän oli avannut pääsisäänkäynnin ja odotti tukka hulmuten. Taivaslohikäärmeen kyljestä nousi ujeltava luukku. Kymmenien metrien mittaisesta aukosta työntyi laskusilta, joka rymähtäen lukittui Merikäärmeen pääsisäänkäynnille. Myös muualta kuului biomekaanisten tukijalkojen kiinnittymisiä. Sitten syttyivät merenalaiset valonheittimet ja kaikkialla tulvivat sinivalkoiset valot.

Kului vielä hetki ennen kuin Mel huomasi Taivaslohikäärmeen ikkunoiden takana vilkuilevat hahmot. Sitten joku astui laskusillalle. Maare seisoi jännittyneenä ja litimärkänä. Jostain kuului musiikkia, sitten laulua, jonka sanoja ei voinut ymmärtää. Ensimmäiseksi Mel erotti laskusillalta kolme hahmoa. Yhden silinteripäisen, yhden pitkän ja yhden, joka näytti aivan Maarelta. Pian erottui myös määrittelemätön ihmisjoukkio heidän takanaan. Mel katsoi, kuinka Maare toivotti väen tervetulleeksi. Asiat alkoivat palata hänen mieleensä. Mel lähti kohti juhlasalia tervehtimään vanhoja tuttuja.

Vesikäärmeen juhlasali laajeni meren alla laajemmalle kuin suurinkaan urheilukenttä. Mel laski nopeasti, että sali veti yhteensä suunnilleen kaksi ja puoli miljoonaa ihmistä, jos mukaan laskettiin kaksi ylempää parvea, joilta ei ollut suoraa kulkuyhteyttä pohjatasolle. Siispä juhlasali jäi kovin tyhjäksi, vaikka Taivaslohikäärmeen sisältä oli löytynytkin useamman kymmenen tuhannen persoonan joukkio. Se oli hauska pelokas joukkio. Kaikilla oli samanlaiset mustat kokotrikoot, joiden yllä he sitten pitivät viittoja ja kaapuja ja huiveja ja kaikenlaista värikkään huiskuvaa. Vain kaksi hahmoa erottui joukosta Maaren kaksoisolennon lisäksi. Toisella oli parinmetrinkorkuinen kävelykeppi ja vähintään yhtä pitkä parta, sekä silinterihattu, ja toinen pukeutui kokovalkoiseen haalariin. Jälkimmäinen oli mitä ilmeisimmin jonkinlainen esilaulaja, sillä kaikki mitä hän sanoi, toistettiin takana kulkevassa laumassa.

Kauniin soivat sävelet täyttivät salia pikkuhiljaa sisään valuvan ihmisjoukon mukana. Luna, Franze, Allu ja Melissa seisoivat salin ovien luona näyttäen tietä pöytiin. Taivasväki saattoi katsoa heitä silmiin ja vaihtelevasti joko niiata tai kumartaa, mutta kukaan ei tervehtinyt sanoin. Osa lauloi pehmeillä äänteillä ja osa oli vain hiljaa. Allulla kesti pitkään ennen kuin tajusi, mikä joukossa oli niin kummallista, että oli vaikea uskoa heidän edes olevan ihmisiä. Sillä taivasväellä ei ollut sukupuolta, tai varmaan oli, mutta sukupuoli tuntui olevan enemmän valittu asia, kuin luonnollinen fyysinen ilmiö. Väki oli hyvin pitkää ja kapeaa ja suurin osa heistä oli kaljuja. Ihonväri mitäänsanomaton. Melissasta oli mukavaa olla omanpituisten seurassa, vaikka Kauno olikin kadonnut väkijoukkoon.

Sillä välin kun taivaalta tulleita osoitettiin paikoilleen, Mel ja Maare toivottivat taivaskansan johtajat tervetulleeksi. Heitä oli kolme. Itse taivaslohikäärme Aeris, joka näytti tismalleen samalta kuin Maare, eikä hänenkään sukupuolta voinut tulkita ulkonäön perusteella. Yllättäen kaksi muutakin olivat aivan yhtä vaikeita tulkita. Silinteripäisellä, kylänvanhimmaksi kutsutulla johtajasauvan haltijalla tosin oli parta, mutta se oli mitä ilmeisimmin kiinnitetty vanhukseen kuminauhalla. Sitten oli vielä tämä kolmas, nuori esilaulaja. Hän oli pitkä ja kaunis. Hänen kasvojensa ympärillä kihartuivat paksut kultaiset hiukset ja hänen tummat silmänsä huokuivat viisautta. Hänen nimensä oli Aada, mutta Mel tiesi varmaksi, ettei Aada ollut nainen. Olivathan he viettäneet yhdessä lähes kymmenen vuotta pilvellä leikkien.

Pidettiin hieman puheita, paljon yhteislaulua ja ylistystä ennen kuin päästiin syömään. Allulla ei ollut aavistustakaan mistä se kaikki ruoka oli näin äkkiseltään ilmaantunut. Ruoka oli hyvää ja ravitsevaa, vaikka kaikki oli aivan uusia makuja taivasväelle. Ilta jatkui, eivätkä aallotkaan pian enää haitanneet, kun väki alkoi ihan itsekseen keinua. Se oli juhla meren alla, eikä se lakannut moneen päivään. Vasta viikon kuluttua alkoi väki väsyä kaikkien laulettua kurkkunsa käheiksi.

Androidinkin veri on punaista

Ah, tämä elämä on niin hankalaa. Miksi totuutta täytyy niin kovin piilotella? Nämä androidin kuvakkeet ovat niin rasittavia. Onneksi tänne ilmaantui tämä toinen taivaslohikäärmeen mukana. Ei ollut helppoa saada sitä tänne, mutta en minä tätä teekään sen helppouden takia. Hmm, katsotaanpas. Kyllä vaikuttaa siltä, että rakenteissa on haluttu noudattaa ihmisen fysiologiaa mahdollisimman paljon. Paras yhteys hermostoon on siis niskassa, juuri tuossa nikamien välissä. Veitsi uppoaa niin helposti. Onneksi näihin ei kuitenkaan ole asennettu paljoakaan itsepuolustusmekanismeja. Aeris menetti tajunsa oikein kiltisti, kun ammuin häntä etälamauttimella. Aikaisempien kokeideni mukaan lamauttimesta purkautuva sähkölataus on oikein pätevä tapa laittaa androideja lepotilaan. Juuri sopiva shokki rikkomaan hetkeksi yhteyden jäsenten ja aivojen välillä pyyhkimättä androidin muistia. Yh, miten paljon verta. Toivoin, että olisin voinut palauttaa tämän hengissä takaisin pyyhkittyäni ensin sen muistit näistä tapahtumista, mutta ei taida onnistua. Yllättävän todentuntuiset selkänikamat, mestarin työtä sanoisin. Ällöttäviä ääniä. En ole koskaan erityisemmin nauttinut androidien, tai ihmisten sisusten kaivelusta näiden äänien takia. Hajukin on aika kamala. Mutta tulokset korvaavat teot, sillä nyt löytyi "hermosto".

Meren jäätyessä kuutkin kylmenevät

Seuraavat päivät olivat täynnä tarinointia. Ihmiset puhuivat ja puhuivat ja kuuntelivat. Oli niin paljon kaikkea mitä kysyä, ihan jokaisella. Vesikäärmeen kirjasto oli täpötäynnä ja näyttöpäätteelle tunnin jono. Ihan huomaamatta oli Franzesta, Allusta ja Melissasta muodostunut päteviä esitelmöijiä. Lunalla ja Melillä ei ollut tarpeeksi kärsivällisyyttä vastata huolella taivasväen viattomiin kysymyksiin. Tai ei niin viattomiin. Usein esitetyt kysymykset olivat hyvin röyhkeitä ja tungettelevia, sillä ilmeisesti käsite sukupuolisuudesta, että seksuaalisuudesta oli käsittämättömän mielenkiintoinen.

Taivasväki oli kai ollut niin pitkään eristäytyneenä ja luottanut lisääntymisen liiaksi pelkän kloonaamisen varaan, että sukupuolet olivat kadonneet. Hauskintahan tilanteessa oli, että vaikka itse sukupuolet olivat kadonneet, niin sukupuoliroolit sen sijaan olivat säilyneet hyvinkin vahvana. Mutta oli se kumma joukkio, hyvin värikäs. Oli kuin kaikki naiselliset ja miehekkäät piirteet olisi heitetty soppaan, joka maistui erilaiselta joka kauhallisella. Enimmäkseen he näyttivät laimean normaaleilta karvattomine kasvoineen, mutta sitten tuli vastaan mitä eriskummallisimpia yhdistelmiä lanteita, rintoja, hartioita, leukoja, otsia, partoja. Melissan hieman perehdyttyä asiaan, kävi ilmi että tällainen kansa oli saavutettu vanhanaikaisen kloonauksen, biomekaniikan, geenimanipulaation ja muoti-ilmiöiden avulla. Hyvin erikoislaatuista.

Jonkinlaisen rutiinin muodostuttua heräsi keskustelu juhlien kestosta. Taivasväki alkoi jo kaipaamaan takaisin taivaalle, mutta Maare ei halunnut päästää heitä lähtemään sillä toiset kaksi lohikäärmettä olivat vielä saapumatta. Eikä hän tietenkään voinut tietää, milloin nuo kaksi saattaisivat saapua. Lopulta he saivat lievän urkinnan jälkeen selville, että Aeris pystyisi kyllä lähtemään, jos niin haluaisi. Ja niin huomattiin, ettei kukaan ollut nähnyt tuota androidia päiviin. Myös Kaunon tiedettiin olevan kadoksissa, mutta Melissa ei mielellään kommentoinut asiaa.

Viikot vierivät juhlinnassa, oppimisessa ja kadonneiden etsinnässä. Kaikilla oli niin paljon tehtävää, että aivan huomaamatta he ajelehtivat yhä pohjoisemmille vesille. Lumisateen muuttaessa taivaan ja meren valkeaksi ihmiset juhlivat. Pakkasen kiristyessä he neuloivat huiveja merilevästä. Sitten eräänä aamuna meri jäätyi. He olivat jumissa. Mutta talven kylmyys ei huolettanut muita kuin Franzea, Melissaa, Maarea ja Aadaa. Kaikki muut leikkivät lumessa.

Meren alkaessa muistuttaa enemmän jäätikköä ja hurjien lumimyrskyjen iskiessä lohikäärmeisiin taukoamatta viikkojen ajan liikkumatiloja alettiin rajata pikkuhiljaa. Auringon pysyessä piilossa ja aaltojen ollessa jäässä kaikki energian tuotanto nojautui lähinnä tuuliin, mutta vesikäärmeen laitteisto oli liian altis kylmyydelle ja laitteistojen jäädyttyä ei auttanut kuin evakuoida taivaskäärmeeseen. Siellä sitten ahtauduttiin tiivisti ja pidettiin paikat lämpiminä.

Auringon näyttäessä vihdoin itsensä, oli hyinen viima puhaltanut myrskypilvet pois. Oli tyyntä. Ääretön hiljaisuus hämmensi Lohikäärmeiden asukkeja ja jopa taivasväki lakkasi hoilaamasta ikuisia virsejään. Varovasti he uskaltautuivat avaamaan yhden pilvi-ikkunoista ja astumaan ulos katsomaan talven kylmää tuhoa. Matalalta virnistelevä pakkasen kalpeuttama aurinko heijastui lumidyyneistä ja teki kaikesta sietämättömän kirkasta. Vesikäärme oli peittynyt täysin jään alle ja Taivaskäärmeen kiiltävät pinnat olivat hyytävien jääkukkien peitossa. Valkoinen kirkas kauneus sai hiljaisuuden tuntumaan entistä hämmentävämmältä. Jopa Maaren androidiaivot tunsivat, että jotain oli tapahtumassa.

Aada taivasihmisenä oli tottunut kirkkauteen, eikä se siksi hämmentänyt häntä, joten kun sinertävänvalkean taivaan puhtauden rikkoi kaksi tähteä, Aada huomasi heti. Hän mainitsi Allulle noista tähdistä, jotka vaikuttivat tulevan kohti, mutta Allu vain hyssytti. Allu oli vielä hiljaisuuden lumoissa, joten Aada meni etsimään Vanhinta. Matkalla hangen poikki Aada kuitenkin törmäsi Lunaan, jonka vihreät silmät tuntuivat hehkuvan kirkkaammin kuin hanki. Luna virnisti ja totesi: "No kappas. Lisää taivas väkeä vähän korkeammista sfääreistä. Kuinka jännittävää!" Sitten huomasivat muutkin taivaalta tulleet nuo kaksi putoavaa tähteä, eikä mennyt kauaa kun paniikki oli päällä.

Sotako?

Lohikäärmeiden laskeutuessa läpi ilmakehän heräsivät ihmiset linnoissaan paniikkiin. Automaattiset, ikivanhat, puolustusmekanismit käynnistyivät, mikä tarkoitti sitä, että hurjat ohjukset lähtivät lentämään kohti avaruudesta saapuvia. Eikä se loppunut noihin muutamaan ohjukseen. Lukemattomien maiden sotakoneet oli käynnistetty täysiin mittoihinsa, jotta tulikäärmeen ja maakäärmeen laskeutumisesta tehtäisiin mahdollisimman hankalaa. Mutta nuo pyhät Lohikäärmeet olivat varautuneet, eivätkä antautuisi helpolla. Tässä oli elämä pelissä jokaisella.

Jäätyneellä merelläkin tajuttiin hyvin nopeasti tilanteen vakavuus. Maare tiesi heti kertoa, kuka siellä värjäsi taivasta punaiseksi. Taivasväki oli yllättävän hyvin koulutettu, miten pommitusuhassa kuului toimia. Ehkä siksi, että maailma näki heidätkin eräänlaisena uhkana, kai. Joka tapauksessa, he kaikki kiirehtivät takaisin sisälle ja löysivät tiensä aluksen turvallisimpiin osiin. Siihen mennessä alkoi tuntua räjähdysten aiheuttamat shokkiaallot. Taivaskäärmeessä oli ilmeisesti jonkin tasoiset automaattikilvet, sillä ikkunoiden ja seinien eteen laskeutuivat kestävät panssarit.

Avaruudesta tulleiden Lohikäärmeiden ollessa vain satojen metrien päässä, kuumuus ja laskeutumisesta aiheutuva voima rikkoi jään suuriksi laatoiksi. Lämpö myös sulatti jäätä sen verran, että vesikäärme hyrähti käyntiin. Tämä kaikki liike kuitenkin aiheutti sen, että Taivaskäärme menetti tasapainonsa ja putosi osittain jäälauttojen väliin, osittain mereen. Ihmiset lohikäärmeen sisällä lentelivät holtittomasti ja osa jopa loukkaantui hieman. Sitten syöksyi vesikäärme vedestä jäälauttojen päälle ja rynnisti kohti uhkaavia Lohikäärmeitä ja vielä uhkaavampia ohjuksia.

Vesikäärmeen taistellessa toisia lohikäärmeitä ja räjähteitä vastaan, Taivaskäärmeen ohjaamo, joka myöhemmällä ajalla oli muutettu alttariksi, vallattiin. Jotenkin ohjaamon valtaaja sai taivaskäärmeen tottelemaan ohjeitaan ja näin sai sen liikkumaan pois railosta. Sitten hän kuulutti: "Ne jotka eivät halua jäädä tänne keskelle taistelua, olkaa hyvä ja evakuoikaa itsenne evakuointikapseleihin. Kapseli nro 1 lähtee puolen tunnin kuluttua ja seuraavat siitä vartin välein. Liikkukaa rauhallisesti, vaikka aikataulu onkin tiivis." Melissa tunnisti Kaunon kylmänä kaikuvan äänen.

Väkijoukko säästyi paniikilta hädin tuskin ja ihmiset saatiin evakuoitua turvallisesti kapseleihin, jotka kantoivat heidät taivaalle jääneisiin lohikäärmeen osiin. Toisin sanoen he pääsivät turvaan hajonneen jäätikön yllä käytävältä taistelulta. Mutta kaikki eivät lähteneet. Luna, Allu, Mel, Franze ja Melissa jäivät totta kai, mutta heidän yllätyksekseen kymmenkunta taivaalta tullutta kieltäytyivät lähtemästä, Aada heidän johtajanaan. Pakkasessa taistelevat lohikäärmeet olivat enää yhtä räjähdystä vain.

Jäljelle jääneet kävivät tietenkin nopeasti läpi

tehtäväsuunnitelman. Selvää oli, että Kauno olisi löydettävä aivan ensiksi. Asialle kontrollihuoneeseen lähtivät Melissa, Franze, Mel ja Maare. Taivasväkiläiset sekä Allu menivät takaisin tankkeri huoneisiin turvaan, sillä sieltä myös näki hyvin ulkona käydyn taistelun. Lunaa yritettiin kiskoa mukaan, mutta hän oli täysin omissa maailmoissaan. Allun päästyä tankkerihuoneen näytölle huomasi hän tietenkin heti, että Luna oli mennyt ulos. Oli liian myöhäistä yrittää pysäyttää häntä enää, sillä lumimyrsky oli tulossa takaisin. Myös ohi viuhuvat ohjukset vaikeuttivat asiaa.

Kontrolli huoneen ovi oli lukittu, mutta Mel potkaisi sen helposti auki. Sisältä he löysivät eräänlaisen linnoituksen, jonka keskellä oli iso säkkituoli. Kun he kytkivät huoneen valot päälle, selvisi nopeasti linnoituksen olevan oikeastaan seinämällinen näyttöjä ja tietokoneprosessoreita. Säkkituolin päällä taas istui jokin kummallisen moniraajainen olio äärimmäisen keskittyneenä näyttöjen näpyttämiseen. Oliolla oli Kaunon kasvot.

He kutsuivat Kaunoa, muttei hän huomannut. Pojalla oli silmät kiinni ja ilmeisesti korvatkin, mutta pystyi silti ihmeellisellä nopeudella painelemaan näyttöjen kuvakkeita, joita ponnahteli näkyviin yhtä nopeasti kuin niitä paineltiin pois. Maare meni shokkiin nähdessään taivaslohikäärmeen aivojen nykyisen tilan, mikä oli kummallista, sillä Maare oli kone, eivätkä koneiden ole tarkoitus mennä shokkiin. Franze keskittyi siis huolehtimaan androidista Melissan ja Melin tutkiessa näyttöjen tekstejä. Oli helppoa päätellä Kaunon ohjailevan vesilohikäärmettä näyttöjen kautta. Sitten he näkivät Lunan vilahtavan yhdessä näytöistä.

taistelu pitkittyy

Oli kulunut viikko, kun maa- ja tulilohikäärmeet olivat laskeutuneet Maan kiertokehältä. Taistelu, sota, se ei ollut lakannut hetkeksikään laskeutumisen tapahduttua, mutta useimmat valtiot olivat jo tippuneet pelistä. Sitä vastoin Luna ei ollut tippunut. Hän, hyvin pieni verrattuna kilometrien pituisiin lohikäärmeisiin, oli nyrkkeinensä ollut tappelemassa tasavertaisena maailman tuhoavimpien voimien kanssa kokonaisen viikon. Eikä kukaan tiennyt, miten Luna sen teki.

Sitten, lumisateisena päivänä, kun ulkona oli niin pilvistä ja pimeää, ettei taivaskäärmeeltä meinannut nähdä taistelua laisinkaan, hirvittävä jyrinä peitti kaikki muut äänet. Jyrinä oli niin hurjan kova, että Franze luuli tulleensa kuuroksi. Sitten valtava paineaalto puversi pilvet kohti merta muuttaen ne sumuksi, joka jäätyi ja kerääntyi huuruksi peittäen kaikki pinnat. Kirkkaalla taivaalla pystyi hyvin näkemään kuinka kuu oli tippunut taivaalta. Eikä se ollut ainut kuu.

Maailman sota

Maailman sota se oli, kun Natalian ystävät ulkoavaruudesta saapuivat kylään. He tiesivät Natalian olevan kuolematon, niin kuin he itsekin, mikä oli tehnyt Natalian katoamisen entistä mystisemmäksi. Eivätkä he todellakaan olleet onnellisia nähdessään maapallon tilanteen. Nataliaa ei löytynyt mistään.

Mutta ihmiset eivät olleet heikkoja, he olivat itse asiassa järjettömän sitkeitä kuoleviksi olennoiksi. Eivätkä muukalaiset voineet ymmärtää, miten ihmiset osasivat sotia niin kovin taitavasti, vaikka planeetta oli viettänyt kokonaisen vuosituhannen sodatta. Se oli kulttuurishokki molemmille osapuolille.

Sodasta muodostui kuitenkin hyvin paradoksaalinen, sillä kuolevaisilla ihmisillä ei ollut aavistustakaan, miten kuolemattomia muukalaisia vastaan voisi muka sotia. Ja tilanteella oli myös kääntöpuoli, muukalaisille kuolema oli hyvin vieras käsite, eivätkä he ymmärtäneet sitä läheskään tarpeeksi hyvin aiheuttaakseen oikeaa tuhoa ihmiskunnalle. Päädyttiin tilanteeseen, jossa sotilaat heiluttelivat miekkojaan ilmassa peloissaan ja tämä kesti vuosikymmeniä. Mutta ihmisillä oli etulyöntiasema, he pystyivät kehittymään jokaisen sukupolven mukana ja lopulta oppivat, miten kuolemattomankin voi tappaa.

Muukalaisten seuratessa hämmentyneen paniikin vallassa kuinka heidän ystävänsä kuolivat yksi toisensa perään ihmisten käsissä, tiivistyi lopulta kuoleman käsitekin. He ymmärsivät, mitä elämä ja kuolema merkitsivät ja oppivat miten ne muodostivat ihmiskunnan. Äärimmäisellä viisaudellaan he kehittivät salamannopeasti täydelliset aseet ihmiskuntaa vastaan. Muukalaisten harmiksi he ehtivät kuitenkin kuolla viimeistä oliota myöten ennen kuin kukaan ehti painaa laukaisu nappia.

Natalia, joka oli nähnyt kuinka tylysti hänen ystävänsä oli otettu vastaan, joka oli nähnyt sodan kulun, joka oli itkenyt kyynelettömillä virtapiirikasvoillaan kuolemattomien kuollessa, tiesi mikä hänenkin kohtalonsa lopulta olisi. Natalia tiesi napista ja kun hän oli vihdoin päässyt napin luo valmiina painamaan ihmiskunnan kuolemaan, ei hän ollut painanut. Mikään katkeruus ei koskaan voisi olla niin suuri, että se pakottaisi ihmisen ajamaan oman sukunsa sukupuuttoon. Natalia oli päättänyt antaa ihmisille mahdollisuuden ja samalla myös itselleen. Harmi vain, ettei maailma antanut mahdollisuutta kenellekään.

Lopulta nappia kuitenkin painettiin. Se kuka sitä painoi, ei tiennyt tekonsa peruuttamattomista seurauksista, mutta vaikka hän olisikin tiennyt, olisi hän varmaan silti painanut. Ihan vain uteliaisuudesta. Ylermi Konstantin Trasdemopolishna, mies joka putosi hulluuteen yrittäessään kiivetä tietämättömyyden kaivosta. Ja ainoa joka hänet koskaan näki todellisena, täydellisenä vaarana ihmiskunnalle oli hänen ainoa tyttärensä, Luna Instantin Trasdemopolishna.

taistelu ei enää pitkittynyt

Franze ehti juuri ja juuri huomata, ettei ollutkaan kuuro, kun taistelu oli vihdoin ohi. Maa oli hävinnyt. Eikä hänen tarvinnut enää koskaan uudestaan kuulla, eikä nähdä tai tuntea, ei maistaa, ei haistaa. Maa oli hävinnyt. Ei kokonaan, mutta hyvin totaalisesti. Taistelu ei enää pitkittynyt.

loppiainen

Luna heräsi kuumuuteen. Pian perässä tuli hirvittävä märkyyden tunne. Luna oli tippunut mereen, joka kiehui ja kohisi kaikkialla. Meren ruovinnan takana odottava hiljaisuus oli kammottavaa. Luna ei halunnut avata silmiään, mutta avasi silti. Eikä missään enää näkynyt helpotusta, se oli viety toiseen maailmaan. Sinne mikä löytyy kuoleman takaa.

Mustavalkoinen taivas

Alku syksystä, kun taivas oli mustavalkoinen ja puut punaisia, Melissa huuhtoutui merelle. Huuhtoutui tai karkasi, riippuu keneltä kysyy. Melissa itse tunsi huuhtoutuvansa. Hän oli viisitoista, eikä halunnut naimisiin, joten kohtalo vei hänet merelle. Seilattuaan merellä muutaman päivän Melissan tuli kuitenkin ikävä kotiin. Merimiehen ura oli sittenkin hiukan liikaa aatelisteinille. Ainoa vain, ettei meri kulje niin kuin kuuluisi. Melissa ajelehti kauas.

Löytäessään maata ensikertaa Melissa joutui kulttuurishokkiin. Hän ei ymmärtänyt kenenkään puhetta, eikä kukaan ymmärtänyt häntä. Jopa kaikki eleet olivat vieraita. Rakennukset, kulkuvälineet, elektroniikka, Melissa ei ollut koskaan nähnyt mitään sellaista. Ihmisetkään eivät näyttäneet ihmisiltä. Eivät ainakaan sellaisilta joihin Melissa oli tottunut. Hänellä oli vaikeuksia erottaa uudet tuttavuutensa toisistaan.

Melissa ei kuitenkaan ollut tyhmä, hänen muistinsa oli poikkeavan hyvä ja hänen hoksottimensa toimivat. Yllättäen itsensäkin, Melissa oppi uuden kielen vain viikoissa. Eikä oppiminen loppunut siihen, sillä havaintojensa perusteella Melissa ymmärsi maailman olevan aivan toisenlainen paikka kuin hän oli luullut. Ja korjatakseen väärätietoisuutensa, Melissa luki.

Kuukauden päivät vietettyään pienellä saarella oppien, oli suunnitelma muodostunut hiljakseen. Melissa suuntaisi Keskukseen. Siellä hän voisi oppia kaiken, jopa kotisaarensa sijainnin. Tällä hetkellä Melissa ei nimittäin tiennyt edes sitä millä nimellä nämä ihmiset kutsuivat hänen kotimaataan. Toisaalta Melissa ei yllättyisi, vaikka kävisi ilmi, ettei hänen maataan tunnettaisi laisinkaan. Ei hänkään ollut koskaan tiennyt mitään tästä meren takaisesta maailmasta. Kuin toisesta planeetasta.

Joten Melissa nousi laivaan. Laiva tähtäsi mantereelle, mutta arvaamaton meri ja uupuva navigointisysteemi toisinaan johtivat seilorit aivan muualle kuin päämäärään. Ei ollut kummallista, jos matka lähimmälle saarelle kesti kuukauden. Joskus joku katosi vuosiksi merille ja palatessaan ihmetteli maan paikallapitävyyttä. Useimmiten lähtevä laiva ei palannut. Merimiehet hyvästelivät maankamaran aina kuin viimeistä kertaa ennen lähtöään. Todellisuudessa kukaan ei tiennyt kuinka monta laivaa makasi merenpohjassa. Mutta rannoille ajautuvat haaksirikon jäänteet pystyttiin laskemaan. Siksi Melissa oli miettinyt useaan kertaan lähtönsä kannattavuuden.

Mikä hänet oli saanut tekemään lopullisen päätöksensä lähdöstä, oli intuitio. Tai kuten Melissan isoäiti uskoi, johdatus. Eräs tyttö oli istunut hänen viereensä kirjastossa ja laskenut kirjan hänen eteensä. Tytöllä oli ollut silmät kiinni, joten Melissa oli päätellyt hänen olevan sokea. Ja kun tyttö oli pyytänyt Melissaa lukemaan, hän oli lukenut. Kirja oli ollut monimutkainen tutkielma bioteknologiasta, genetiikasta ja niiden vuorovaikutuksesta maailman uskontoihin. Tutkielma oli kiinnostava, vaikkei Melissa ollutkaan ymmärtänyt sitä täysin. Melissa ei voinut uskoa tytön pystyvän ymmärtämään kirjasta puoliakaan, mutta vilkaisessaan epäilevästi tyttöä oli hän poissa. Tyttö oli kadonnut. Kirjan kirjoittaja toimi nykyään professorina Keskuksen yliopistolla.

Matka Keskukseen ei ollut helppo. Matkaan upposi useampi vuosi ja monta merkittävää kohtausta. Oli hetkiä jolloin Melissa menetti toivonsa ja kadotti päämääränsä. Merille lähtö tuntui aina vaikealta, toisinaan jopa mahdottomalta. Silti hän pääsi perille. Kun mantereen laajat tasangot vihdoin avautuivat Melissan jaloissa, nousivat helpotuksen kyyneleet hänen silmiinsä. Vaikka kotiin olikin vielä matkaa.

Yliopistolla oli vaikeaa sekä professoreiden, että muiden opiskelijoiden kanssa. Vain itse opiskelu oli helppoa ja usein hän tiesi luentojen aiheista enemmän kuin itse professorit. Mutta vinkkejä kotimaastaan Melissa löysi vain vähän. Ja sitten hän aloitti vuoden harjoittelujakson lempiprofessorinsa tutkimusavustajana. Eikä prinsessa koskaan palannut.

Neljä lohikäärmettä

Yhä kuumina sihisevien aaltojen seassa seilasi neljä lohikäärmettä. Tai pikemminkin ajelehtivat hiiltyneinä jätti jätteinä. Maapallo oli tuolloin kurjaa katseltavaa.

Kauno oli tapettu, hänen mielensä murjottu olemattomiin. Kehonsa Kauno oli itse hävittänyt kun Konstantinin henkilöllisyys oli muuttunut hidasteeksi. Nyt hänestä ei ollut jäljellä enää muuta kuin pari valheellista muistoa. Eikä hän ollut kuollut onnellisena. Kaiken tekemänsä jälkeen hänen ainoa todellinen saavutuksensa oli itsensä tuhoaminen. Ja siihenkin hän oli tarvinnut apua lukemattomilta muilta.

Tietäjä

Hän oli kuudenvanha, kun sosiaalitoimi laittoi hänet väliaikaissijoitukseen. Sen piti alun perin kestää vain viikon tai pari, kunnes vanhempien työkiireet helpottaisivat. Näin ei kuitenkaan käynyt. Vanhemmat eivät koskaan tulleet hakemaan lastaan takaisin kotiin.

He vierailivat kyllä, toisinaan, kun poika osoitti lahjakkuuksia, jotka kiinnostivat noita maailman luokan tutkijoita. Joten poika luki. Hän luki lehdistä missä äiti ja isä milloinkin olivat pitämässä kongresseja, väitöksiä tai ottamassa vastaan palkintoja. Hän luki vielä lisää. Hän halusi ymmärtää. Ja ajan kuluessa, pojan lukiessa, alkoi hän uskoa, että kaiken tarkoitus löytyisi vain kaiken tietämisestä. Joten poika luki ja oppi. Hän oli siinä hyvä.

Pojan saavuttaessa täysi-ikäisyyden, joutui hän tekemään valinnan. Hän voisi joko jahdata vanhempiensa varjoja loppuelämänsä tai edetä pitkin omaa polkuaan. Hän valitsi äärettömiin jatkuvan tiedonhalun, ja ennen kuin huomasikaan, se oli hän, josta lehdissä kirjoitettiin. Nyt saivat vanhemmat jahdata poikaansa.

Nopeasti hänestä tuli yksi tiedemaailman johtavista professoreista. Opittavan määrä ei kuitenkaan tuntunut vähenevän laisinkaan, pikemminkin kasvavan. Ihmiselämän lyhyys kammotti häntä. Ja niin, vuosikymmenten tutkimusten jälkeen, hän ei ainoastaan tiennyt, miten muuttua kuolemattomaksi, mutta hän tiesi myös mistä saisi kuolemattoman kehon itselleen.

Kaikki tämä oli kuitenkin teoreettista, eikä hän voinut tarkalleen tietää, kuinka paljon ihmisyydestään tulisi menettämään prosessin aikana. Hän päätti varmuuden vuoksi rakentaa itselleen jatkajan. Koe kuitenkin epäonnistui, pahasti. Turvautuen vanhanaikaisiin keinoihin hän päätti lopulta hankkia itselleen biologisen lapsen. Ja kun jonkinlainen perijä oli saavutettu, hän jatkoi tutkimuksiaan. Oli aika tietää kaikki.

Etäinen aamuaurinko

Aurora istui kukkulan laella suuren puun juurella ja viskoi pikkukiviä kohti itää. Aurinko oli nousemassa. Kohta häntä tultaisiin etsimään, jos joku huomaisi tytön kadonneen. Eivät ne aina huomanneet. Tai huomasivat, mutteivät vaivautuneet nostattamaan numeroa. Tyytyisivät mulkaisemaan moittivasti Auroran tultua takaisin. Tyttö heitti yhden kivistä täydellä voimallaan ja se lensi kilometrien päähän. Joskus Aurora kuvitteli heittelevänsä kohtaloita. Häntä nauratti, itketti ja raivostutti samanaikaisesti.

Viimeisen tähden jäätyä auringon valon taakse piiloon Aurora lähti kotiinsa. Sillä tänään hänen poissaolonsa huomattaisiin varmasti.

Aurora suuntasi sisään tultuaan suoraan keittiöön. Äiti oli jo laittamassa aamiaista. Edes vilkaisematta Auroraan äiti passitti tytön pikaiselle pesulle. Aurora viivytteli kuitenkin hieman ja ennen menoaan nappasi pannaripalan mukaansa. Hän oli jo ehtinyt portaille asti, kun äiti vielä huusi herättämään muutkin aamiaiselle. Aurora totteli.

He olivat kaikki siinä yhdessä aamiaisella. Aurora ei muistanut milloin niin oli viimeeksi käynyt. Heidän perheensä vain oli aivan liian suuri istumaan kerralla saman pöydän ääressä. Nytkin kaikki vuorotellen potkivat toistensa sääriä mahtuakseen paremmin. Äitiä se ei haitannut, hän vain potki takaisin, mutta jos joku erehtyi potkaisemaan isän säärtä, sai heti kämmenen poskelle.

Isä kommunikoi sillä tavalla yleensä aina.

Auroralla oli viisi veljeä ja kolme siskoa. Kaksi siskoista ja yksi veljistä olivat syntyneet Auroran kanssa samalla kertaa. Kaksi nuorempaa veljeä, kaksi vanhempaa ja yksi isosisko. Toisin sanoen Aurora oli suurperheen keskimmäinen lapsi. Hän oli myös kaikkein ongelmallisin. Tänäänkin he olivat menossa sairaalaan selvittämään, voisiko Auroran parantaa jotenkin. Sillä Aurora tarvitsi vanhemmiltaan liikaa huomiota. Ei heillä ollut varaa sellaiseen.

Aamiainen oli syöty ja pikaisen keskustelun jälkeen yksitoista ihmistä jakautuivat kolmeen ajokkiin. Yksi suuntasi kouluille, yksi työpaikoille ja viimeisenä lähtenyt ajoi suoraan sairaalalle. Aurora vältti katsomasta vanhempiensa suuntaan. He istuivat hiljaisina koko matkan.

Sairaalassa odotti taas kerran täysin tuntematon lääkäri, jolle täytyi tietenkin selittää perheen tilanne juurta jaksaen ja pohjaa myöten. Lääkäri kysyi muutaman täsmentävän kysymyksen ja sänkistä leukaansa hieroen sanoi: "Auroran tilanteessa ei sinänsä ole mitään poikkeavaa. Tunnen henkilökohtaisesti monta lähes identtistä tapausta ja joidenkin kohdalla on onnistuttu huomattavasti lieventämään oireita. Mutta hoidot ovat kalliita ja vaikeita ja Aurora on vielä sen verran nuori, että ne saattaisivat olla vaaraksi hänen luontaiselle kehitykselleen."

Vanhempien ja lääkärin välille kehkeytyi hieman sanaharkkaa ja sitten alettiin tekemään perusteellisia tutkimuksia Auroran fyysisen terveyden laadusta. Tutkinnassa ei kuitenkaan päästy kovin pitkälle, kun lääkäri pysähtyi. Vanhemmat huomasivat jonkin olevan vialla, kun lääkäri kysyi toistamiseen tytön ikää. "Kaksitoista", sanoi Aurora. "Mitä nyt?", kysyi Auroran äiti lääkärin luontaisen vakavan katseen synketessä yhä vain vakavammaksi. Kävi ilmi, että Aurora oli raskaana.

Oli aivan sama kuinka monta kertaa sitä kysyttiin, Aurora ei muistanut. Hänellä ei ollut aavistustakaan mistä vauva oli tullut hänen vatsaansa. Vaikka kyllä Aurora tiesi, että hän itse oli sen sinne saanut tehtyä, ei vain pystynyt paikantamaan tarkkaa aikaa ja paikkaa ja kenen seurassa hän oli kenties tuolloin ollut. Auroralla oli kohtuullisen paljon tällaisia hetkiä ilman aikaa tai paikkaa, niin ettei siinä oikeastaan ollut mitään kohtuullista.

Lääkäri käytti laitteitaan ja laski sikiön iäksi neljä kuukautta. Sitä ei enää voisi laillisesti leikata pois, ellei varautuisi kasvattamaan sitä loppuun teennäisessä kohdussa. Ja teennäiset kohdut olivat kalliimpia kuin Auroran vanhempien vuositulot yhteensä. Lisäksi sikiön siirtoleikkaus olisi hengenvaarallinen vielä lapsen mittaiselle Auroralle. Auroran isä kiroili koko kotimatkan.

Heidän arkensa oli jo valmiiksi hektistä ja Auroran raskaus sotki asioita entisestään. Hormonien myllätessä villeinä odottavan varhaisteinin kehossa Auroran mielialat eivät enää noudattaneet minkäänlaista kaavaa. Koko perhe oli sekaisin ja romahduksen partaalla, mutta he sinnittelivät.

Kului pari kuukautta, kun se kaikki työ valui hukkaan valtavan aallon myötä.

Auroran kotikaupunki sijaitsi sisämaassa, joten he eivät olleet yhtä hyvin varautuneet merten äkkinäisiin liikahduksiin verrattuna satamakaupunkeihin. Siksi meren hyökyessä yli ei ollut paljoa tehtävissä. Aurora kyllä yritti. Hän teki parhaansa, muttei se riittänyt, ei vaikka Auroralla olikin yliluonnolliset voimat kiitos sukupolvia kestäneen geenimanipulaation.

Tulvan tasaannuttua hieman Aurora tuli tajuihinsa korkean havupuun latvasta. Hänen riekaleiksi repeytyneet vaatteensa olivat veressä veden huljutuksesta huolimatta. Aurora oli aika varma, että hänen vauvansa oli kuollut. Auroraan ei sattunut, mutta kipu oli niin kova että hän pyörtyi. Seuraavan kerran Aurora havahtui punatukkaisen naisen kiskoessa häntä kuusesta. Sitten hän pyörtyi uudelleen.

Herätessään erään laivan sairaalaosastolla Aurora oli niin sekavassa tilassa, ettei hän voinut liikkua. Joten Aurora vain kuunteli ääniä ympärillään ja katsoi, kuinka välillä joku tuntematon ilmestyi näköpiiriin. Joku lauloi sanatonta laulua, jota meri ja kulkuset säestivät.

Tyhjiin silmiin on kylmä katsoa

Kaikesta huolimatta Mel oli kone: hänen älynsä tehtyä, keho paloista rakennettu toisien koneiden avulla. Jopa solukko oli rakennettua, tarkasti suunniteltua geenimekaniikkaa. Mutta joku oli mennyt valmistusvaiheessa vikaan, ehkä vain nanon verran pieleen ja Mel oli epäonnistunut olemus. Hänet oli hylätty epäonnistuneena kokeena ja Mel tiesi tämän. Hän oli aina tiennyt ja kaiken myös huomannut. Vika tuli siitä, ettei hän ymmärtänyt. Melin hämmennys maailmaa kohtaan oli usein lamaannuttanut hänet täysin. Kuten kerran yli kymmenen vuotta sitten Melin jäätyä pilvissä asuvien uskovien vangiksi. Ja nyt. Mel ei voinut, ei pystynyt, tekemään mitään. Jopa hänen ajatuksensa olivat lakanneet. Ymmärtäminen tuntui turhalta. Ei hänestä enää ollut muuhun kuin havainnointiin.

Rai ria rie ree

Aada oli yksi harvoista joilla oli äiti. Hänen äiti-kultansa oli käynyt läpi riistävät hormonihoidot voidakseen kantaa ikioman lapsensa omassa kohdussaan. Äiti oli Aadan suurin sankari. Kun äiti kuoli Aadan ollessa vielä pieni, ei Aada halunnut uutta äitiä tai isää. Hän oli halunnut itsenäistyä, vaikka oli vasta kuuden vanha. Silloin oli Vanhin adoptoinut Aadan seuraajakseen ja seurakunnasta oli tullut Aadan perhe.

Aada oli suloinen lapsi. Sukupolviin ei oltu Taivaskäärmeellä nähty yhtä tuuheata tukkaa, kuin mikä Aadalla kasvoi kultaisena. Ja ilman vanhempia ei ollut ketään rajoittamassa loputonta hemmottelua, ihailua joka melkein saattoi livetä jo palvonnan puolelle. Erikoiskohtelun tuloksena Aada eristyi muista ja kuvitteli itsekin olevansa muiden yllä. Sellainen kasvuympäristö ei ole kenellekään hyväksi.

Aadan täytettyä kymmenen kaikki kuitenkin muuttui, kun Taivaskäärmeestä löydettiin ulkopuolinen tunkeutuja, joka selvästi ei ollut heidän koeputkistaan syntynyt. Geeniperimä oli täysin toinen ja tunkeutujan fysiikka oli muutenkin niin vieras, ettei edes Vanhin ollut varma mitä näki silmiensä edessä olevan. Vieraan myötä murtui Aadan maailmankuva yhdessä monen muun taivaan asukin kanssa. Pelko oli ensikerran läsnä heidän arjessaan.

Monta vuotta piti Vanhin vierasta lasta vankina. Tai kenties näyttelyesine olisi osuvampi nimitys.

Aada kävi kolmen vuoden ajan lähes joka päivä katsomassa vieraan käkkärää mustaa tukkaa. Aluksi Aada kävi vain koska oli saanut siihen erikoisoikeuden Vanhimmalta. Myöhemmin koska vieras alkoi kiinnostaa häntä. Useita kysymyksiä heräsi Aadan mielessä ja Aadasta oli hauskaa esittää kysymykset vieraalle joka ei koskaan vastannut.

Vieras ei nimittäin juurikaan puhunut mitään. Hän jopa liikkui hyvin vähän, vain tarpeen verran. Aadasta tuo kummallinen käyttäytyminen oli kiehtovaa ja huomasi vuosien vieriessä viettävänsä yhä enemmän aikaa rauhallisen Melin kanssa. Ajan myötä Aada oppi miten piti kysyä saadakseen vastauksen ja joskus onnistui käymään tunninkin mittaisia keskusteluja aiheista, jotka kiinnostivat Meliä.

Aada oppi paljon maailmasta ja ihmisistä Meliltä. Heidän ystävyytensä oli korvaamatonta tulevalle johtajalle, mutta samalla Aada oli kivuliaan tietoinen Melin kaipuusta takaisin maanpinnalle. Vanhin ei voinut paljastaa Taivaslohikäärmeen olemassaoloa maanpinnalla eläville, joten Meliä ei voinut päästää palaamaan. Ja mikä hirveämpää, kun Melille vihdoin annettiin lupa liikkua vapaasti taivaskäärmeen sisällä, laitettiin Aada Melin vartijaksi. Aada joutuisi siis henkilökohtaisesti edesvastuuseen, jos Mel karkaisi.

He olivat jo molemmat kasvaneet aikuisiksi, kun Mel lopulta karkasi. Mel oli yrittänyt jo monta kertaa siihen mennessä, mutta aina menettänyt tajuntansa astuttuaan ulos Taivaskäärmeestä. Se johtui laitteesta, jonka Aada oli asentanut Meliin. Mel tietysti oli ollut autuaan tietämätön kyseisestä laitteesta ja luuli tajunnanmenetysten johtuvan jostain hänen kehonsa rakennusvirheestä. Aadalla ei ollut hajuakaan, miten Mel oli lopulta onnistunut niin vain katoamaan.

Rangaistukseksi Aada leikautti hiuksensa pois.

Oli kevät ja oli ruskeaa

Oli kevät ja oli ruskeaa, lukuunottamatta räikeän sinistä taivasta joka säihkyi ruskeiden pilvien raoista. Meri oli erityisen ruskea. Allu vertasi sitä ihonsa väriin. Allun käsivarsi kiilsi samassa sävyssä kuin aaltojen varjot. Ruskeana oli myös Allun mieli hänen muistellessaan viimeisten kuiden tapahtumia.

Kuiden tiputtua taivaalta kaikki oli mennyt yhä hullumpaan suuntaan. Meri oli muuttanut kulkuaan ja nekin kaupungit jotka olivat säästyneet liekehtivien kivien sateelta, olivat joko hukkumaisillaan tuhkasta mustaan mereen, tai näivettymässä tuhkapilvien alla valotta ja vedettä. Kukaan ei uskaltanut arvioida montako ihmistä oli kuollut näiden kolmen kuukauden aikana.

Tässä uudessa maailmanjärjestyksessä ainoa varma oli useat uhrit ja kuolema.

Viime päivien aikana paksu pilvikerros oli kuitenkin paikoitellen alkanut repeillä. Aurinko loisti yhä pilvien takaa ja sellaisina päivinä kuten nyt Allu tunsi toivoa. Kevät oli vielä tulossa, ja Allu antoi sen tulla.

Allu asui nykyään taivaslohikäärmeellä. Maailmanlopun jälkeen, kun kaikki oli palasina, Allu oli päättänyt paeta taivaalle Aadan ja tämän väen kanssa. Hän oli halunnut päästä pois repaleiselta maalta ja kiehuvasta merestä, muttei tuhkanmus-

ta taivas ollut yhtään parempi vaihtoehto. Taivas-
lohikäärmekin oli kärsinyt paljon vahinkoa ja
vaati suuria korjaustöitä, mutta työväkeä ja
osaamista oli vaikea löytää. Koko taivaskansa oli
hädissään ja peloissaan ja nälästä tuli yhä suu-
rempi ongelma mitä pidemmälle aika kului. Allu
teki parhaansa auttaakseen Aadaa tämän virka-
tehtävissä ja muussakin, muttei hänestä ollut pal-
joa apua muissa kuin fyysisissä töissä. Eikä Allu
voinut lakata miettimästä ystäviään, joiden luota
hän oli peloissaan paennut. Allua vaivasi, miten
oli hylännyt Melissan ja jättänyt tämän yksin huo-
lehtimaan halvaantuneesta Franzesta ja apaatti-
seen tilaan vaipuneesta Melistä. Mutta Allu ei ol-
lut kestänyt sitä kaikkea, jos hän olisi jäänyt, olisi
Allu kuitenkin vain lähtenyt etsimään Lunaa epä-
toivoissaan. Luna ei nimittäin ollut tullut takaisin
ja Allu kieltäytyi uskomasta tämän olevan kuollut.
Mutta kenelläkään ei ollut aikaa tai voimia ajatel-
la Lunan olevan yhä elossa jossakin. Ei sillä asialla
oikeastaan ollut edes merkitystä. Vain Allusta
tuntui, että jos Luna olisi täällä hän osaisi auttaa
ja pystyisi pelastamaan kaikki. Allu oli alkanut
uskoa Lunan kaikkivoipaisuuteen.

Usko oli Allulle uusi asia, mutta vietettyään kolme
kuukautta vahvojen uskovaisten seurassa, hän oli
alkanut kypsyä ajatukselle. Allu otti usein, lähes
päivittäin, osaa Aadan vetämiin rituaaleihin. Usko
ja toivo saivat hänet jaksamaan seuraavaan päi-
vään, ja Allu oli huomannut olevansa paljon tyy-
nempi viime aikoina. Voi toki olla, että hän vain
oli fyysisesti, että mentaalisesti sen verran rasit-
tunut, etteivät tunteet jaksaneet nousta pintaan.

Aada oli tietenkin huomannut Allun rasittuneisuuden ja tämän huolet arvannut myös. Siksi kai Aada oli Allun tietämättä ottanut yhteyttä Melissaan. He olivat keskustelleet monesta asiasta, niin monesta, että kun Aada oli jälkeenpäin kertonut niistä kaikista Allulle, ei hän ollut pysynyt lainkaan kärryillä. Allulle oli jäänyt mieleen ainoastaan uutinen Melissan ja kumppaneiden nykyisestä sijainnista, voinnista ja että Luna saattaisi olla löydettävissä. Vahvimpana Allun mieleen oli Aadan puhetulvasta jäänyt kuitenkin Aadan ilme hänen pyytäessään lopuksi anteeksi. Aada oli pidellyt tietoja itsellään jo yli viikon, eikä ollut aluksi meinannut kertoa Allulle mitään. Aada ei ollut halunnut, että Allu lähtisi. Maanpinnalla oli vaarallista ja vielä epävarmempaa kuin pilvissä. Kuultuaan kaiken sen Allun oli kuitenkin ollut pakko lähteä, eikä Aada estellyt. Hän oli vain näyttänyt hyvin surulliselta. Aada oli itkenyt, kun Allu katsoi muualle ja Allu tunsi syyllisyyttä. Hän oli kuitenkin lähtenyt ja nyt ollessaan pitkästä aikaa maankamaralla Allu ensikertaa ihmetteli mikä oli saanut Aadan mielen muuttumaan. Ja kun Allu katsoi ruskeaa rantaa, ruskeaa merta ja ruskeaa pilvikattoa oli hänen mielensäkin ruskea.

Allu oli laskeutunut taivaalta yhdellä pakokapselilla. Se ei kuitenkaan ollut lentänyt riittävän kauas ja Allulla oli nyt edessään muutaman kymmenen kilometrin vaellus pitkin ailahtelevaa merenrantaa. Eikä hän luultavasti edes pystyisi kävelemään perille asti, sillä hänen kohteensa sijaitsi meressä, rantakarikkoon kiinnittyneenä. Melissa kuitenkin tiesi Allun tulosta ja osaisi ehkä tulla häntä vastaan.

Kulkiessaan Allu yritti muistella mitä kaikkea Aada oli kertonut muutama päivä sitten. Asiat menivät kuitenkin heti sekaisin keskenään, eikä Allu voinut pysähtyä miettimään niitä selväksi. Meri ja maasto olivat nimittäin niin villinä, ettei Allulla riittänyt keskittymiskykyä mihinkään muuhun. Tuhka ja hiekka ja suola ja vesi muodostivat eräänlaisen miinakentän. Yksi väärä askel uppohiekkaan ja kohtalo oli sinetöity. Tuhkahiekkaan jäi jumiin ja kalliolle astuessa pystyi vain liukastelemaan. Edistyminen oli siis jo valmiiksi hidasta, mutta lisäksi Allu joutui välillä juoksemaan yllättäin syöksyileviä aaltoja pakoon. Turhauduttuaan vaikeaan maastoon Allu yritti uiden, muttei meri ollut uintikelpoinen. Allu oli hukkua, joten hän jatkoi kävellen.

Koko päivän käveltyään ulapalla alkoi vihdoin näkyä saaria. Melissa oli onnistunut saamaan jollakin konstilla kaikki kolme lohikäärmettä näihin mataliin vesiin, missä meri oli kohtuullisen tyyni ja jossa toisinaan oli pelkkää maata ja mäkiä näkyvissä. Allu näki vedestä nousevat puut ja tiesi olevansa lähellä. Hän alkoi pitää taukoja muutaman sadan metrin välein, jotta sai kunnolla tiirattua jokaisen ilmansuunnan. Nyt liikkuessaan hän nimittäin jo melkein juoksi, eikä liikkuessaan siis voinut katsoa muualle kuin jalkoihinsa. Pimeä oli tulossa, ja Allu juoksi kelloa vastaan. Pilvetkin olivat taas lisääntyneet. Valo alkoi yksinkertaisesti loppua. Allulla oli kyllä mukanaan taskulamppu, mutta ei sillä pystynyt valaisemaan kuin kymmenen metrin päähän. Ulkona olisi ikävä viettää yö, sillä vaikka Allu kiipeäisi puuhun nukkumaan saataisi meri yhtäkkiä kohota. Allu siis kiristi vauhtia.

Hikikarpalot kihosivat Allun otsalle, kun hän yritti keksiä, minkä näköistä maamerkkiä edes oli etsimässä. Allulla ei ollut aavistustakaan miltä lohikäärmeet näyttivät tänäpäivänä. Hän ei tiennyt olivatko ne meren alla vai syvemmällä sisämaassa. Voi miten kovasti Allu toivoi tuolloin, että osaisi lentää. Maan tasolta oli vaikea nähdä yhtään minnekään. Vaikka entisellä merenpohjalla olikin pelkkää hiekkaa ja tuhkaa ja kalliota, oli silti liian epätasaista. Kukkulat ja mäet tukkivat jatkuvasti näköpiiriä. Ja kun meri kiri kohti metsää alkoi puita yhtäkkiä olla joka puolella. Eikä Allu tiennyt miten edes pystyisi erottamaan lohikäärmeet merestä tai maasta, sillä ainoa asia minkä hän tiesi noista jättimäisistä koneista oli, että ne oli suunniteltu maastoutumaan lähes huomaamattomiksi.

Allun huolet olivat kuitenkin turhia. Allu pystyi haistamaan lohikäärmeistä lähtevän käryn useamman kilometrin päähän.

Haju voimistui yhä vahvemmaksi, mitä lähemmäs Allu kulki. Siinä vaiheessa kun Allu näki kummallisen sumupilven kohoavan puiden ja meren ylle lemu oli niin yököttävä, että Allun oli pakko sitoa paitansa suunsa eteen pystyäkseen hengittämään. Hajun pystyi maistamaan.

Allun oli vielä kuljettava muutaman sata metriä ennen kuin pystyi hahmottamaan lohikäärmeiden kiiltävät kyljet sumun keskeltä. Hänen oli pakko pysähtyä tarkastelemaan näkyä. Allu sytytti taskulamppunsa.

Kolme lohikäärmettä oli pinottu päällekäin keskelle merta, tai siltä se näytti sumuseinämän takaa katsoessa. Hetken katsottuaan Allu kuitenkin erotti puiden runkojen kohoavan lohikäärmeraatojen seasta. Ne oli siis pinottu jonkin pienen saaren päälle. Oli vaikea nähdä. Sumuseinämä erottui Allun edessä selvänä. Oli vaikea hengittää mitä lähemmäs meni. Allu osoitti valollaan suoraan sumuun, muttei se selvinnyt laisinkaan. Yö oli tulossa, joten Allu ei jäänyt katselemaan sen pidemmäksi aikaa. Rannan ja saaren välissä nimittäin olisi merta, ja uidessa ei taskulampustakaan olisi apua. Allu veti syvään henkeä ja astui sumuun.

Sumua ei voinut hengittää. Allulla olisi siis noin kolme minuuttia aikaa ylittää viimeiset viisisataa metriä ja löytää sisäänkäynti. Allu otti vauhtia alleen.

Meri lähestyi, mutta se näytti oudolta. Allu ei nähnyt kunnolla, sumu oli paksua maantasolla. Hän ei nähnyt mitään nilkoista alaspäin. "Kuin kävelisi pilvellä", Allu ajatteli ja se antoi voimaa. Hän tihensi yhä vain askeliaan. Sitten hän astui johonkin ennenkokemattomaan. Se oli kuin liisteriä, tai hyytelöä. Siksi meri näytti niin oudolta.

Lohikäärmeitä ympäröi kummallinen hyydyke. No, ainakaan Allun ei tarvitsisi uida.

Allu oli kuitenkin pysäyttänyt kulkunsa ja alkanut upota samantien. Kun hän veti toista jalkaa ylös, toinen upposi. Oli pysyttävä liikkeessä. Allu kiristi tahtiaan ja pinkoessaan tajusi, että tahmaa oli ollut varmaan jo sumuseinämästä asti. Lähempänä lohikäärmeitä vain upotti enemmän. Allu oli nopea.

Hän oli juossut taskulamppu kädessään ja yritti nyt epätoivoisesti löytää sisäänkäyntiä sen avulla, mutta sumu peitti kaikkea ja pimeä oli jo tullut. Allulta alkoi happi loppua. Jostakin kuului ääntä ja hän juoksi sitä kohti, kunnes putosi yllättäin. Alhaalla häntä odotti Melissa ja katon luukku meni kiinni. Nyt pystyi taas hengittämään.

Melissa ja Allu halasivat hankalan epäluontevasti jättäen molemmat sanattoman epämukaviksi. Melissa kysyi heidän käveltyä jonkin aikaa käytävää pitkin: "Luulin että olit tulossa lentäen?" Allu sanoi: "Se hajosi. Jouduin kävelemään loppumatkan." Sitten he kävelivät puhumatta.

Käytävät näyttivät samoilta kuin vesikäärmeen fosforiset luolasokkelot. Niin ollen Allu oletti heidän olevan vesikäärmeen sisällä. Allu ei voinut kuitenkaan olla asiasta sataprosenttisen varma, sillä käytävä oli tikku suora, toisinkuin vesikäärmeen mutkittelevat ja haarautuvat tunnelit. Ilmakin oli hieman erilaista.

Käytävän päässä oli pyöreä huone, josta lähti uusia käytäviä jokaiseen ilmansuuntaan. Lisäksi huoneessa oli portaat alas. Melissa johdatti heidät portaista ja pätkän oikealle, missä käytävä loppui äkillisesti manuaaliseen oveen. He menivät ovesta.

Suorakaiteen muotoisen huoneen toisella puolella oli sänky, tajuton Franze ja lattialla istuva pateettinen Mel. Toisessa päässä oli epämääräinen läjä tietokoneita ja näyttöjä, sekä Maare kahden identtisen kaksoisolentonsa kanssa.

"Omistakseen unelman, ollakseen

Viikonpäivänä, ui elääkseen

Käsi, kaksi kolmanteen

Jalkoihin palaneet hiukset

Ruuakseen tuhkaa juomakseen

On tehtävä päätös

muttei halua uimiselta

kiire jonnekin mentävä

apu, kuka tietää

ketkä osaavat elää

Mitään aikaan saadakseen."

Niin Allulle luettiin nollista ja ykkösistä. Melissa ja identtiset androidit vaikuttivat vakuuttuneilta, että nimenomaan Luna oli lähettänyt kyseisen viestin. Ja Allu oli samaa mieltä, kukaan muu ei näkisi yhtä suurta vaivaa lähettääkseen viestin jota kukaan ei voisi ymmärtää ja jonka vain lohi-käärmeiden koneistot pystyivät vastaanottamaan ja jota ilmeisesti ei ollut mitenkään helppo kään-tää luettavaan muotoon.

Allu olisi ollut valmis lähtemään sillä minuutilla merille etsimään ajelehtivaa Lunaa, mutta yksi androideista pysäytti hänet. Androidi esittäytyi Nataliaksi, milloin Allu vihdoin tajusi, että vaikka Natalia näytti yhtä teennäiseltä kuin Maare, ko-neen sisällä oli aivan toisenlainen tietoisuus. Hämmentyneenä Allu katsoi kolmatta androidia, joka ei ollut sanonut tai liikkunut siihen mennes-sä laisinkaan tietokoneiden äärestä. Natalia huo-masi Allun katseen ja surullisen hymyn säestä-mänä kertoi:

"En tiedä kuinka paljon olet kuullut meistä, mutta on kai parempi, että kerron itse omin sanoin. Mi-nä olen siis Natalia, kuolematon ja olen kiertänyt auringon jo noin 600 kertaa. Viitisensataa vuotta sitten minut ja ystäväni lukittiin taivaalle, kuuhun jos ollaan tarkkoja. Jos ollaan oikein tarkkoja, meidät yritettiin poistaa maailmasta ja ainoa paikka johon pystyimme pakenemaan oli kuussa ollut vanha avaruusasema. Siellä vietimme jonkin aikaa yrittäen luoda yhteyttä muuhun maailmaan, mutta siihen meni liian kauan. Sitten taivaalle tulivat maa- ja tulilohikäärmeet ja paljon muutakin teknologiaa, niin paljon oikeastaan, että se haittasi edistymistämme. Ennen kuin huomasimmekaan, oli kulunut jo vuosisatoja ja me olimme ottaneet taivaan hallintaamme. Mutta kulkumme maahan oli vieläkin estetty. Etsimme kuumeisesti keinoa päästä takaisin, kunnes keino löysi meidät. Ennen näkemätön, uusi ja uniikki tietokone, tekoäly oli syntynyt, jossa ei käytetty laisinkaan vanhoja koodeja. Eikä tekijä ollut ottanut huomioon virusohjelmia. Suuruudenhulluudessaan hänelle ei ollut tullut mieleen, että joku keksisi hakkeroida ihmisen. Ja kuten näytät jo arvanneen, ensimmäinen ihminen vuosisatoihin johon onnistuimme saamaan yhteyden, oli Luna. Tietenkin meillä oli paljon ongelmia, yhteys oli heikko ja kaikki ne romut, anteeksi tarkoitan siis 'kuita', häiritsivät sietämättömän paljon. Lisäksi Luna oli jotain, joka oli meillekin tuntematonta seutua. Emme olleet varmoja mikä toimi ja mikä ei. Joten kun alkeellinen yhteys oli luotu, lähetimme Lunan etsimään muita, jotka sopisivat paremmin yhteyden luomiseen. Mutta se oli aikaa vievää ja hankalaa ja lähes tuloksetonta työtä. Vastapainoksi olimme kärsivällisiä. Meillä oli aikaa. Ja kun vihdoin olimme saaneet kaikki romukuut linjaan ja ideaalinen tilanne yhteyden luomiseen oli järjestetty, tuo poika tuli ja tuhosi kaiken muovisella viitallaan. Elämässä on liikaa muuttujia ja vuosisatojen aikana me olimme vieraantuneet liikaa inhimillisyydestä. Emme ottaneet laskuihimme mukaan ihmisen arvaamattomuutta, emme edes tienneet, että yhä oli olemassa yhtä puhtaita ihmisiä kuin Franze. Jokatapauksessa, sen yön jälkeen, kun lohikäärmeet muuttivat kurssikseen maanpinnan me päätimme laskeutua niiden mukana, vaikka olikin olemassa valtava riski että tuhoutuisimme niiden mukana. Mutta tässä nyt ollaan. Minä Solin kehossa ja muut Ignisin. He eivät enää osaa kunnolla erottaa omia persooniaan kaikkien näiden vuosien jälkeen, joten anna heille anteeksi, jos he käyttäytyvät välillä vähän hassusti tai ovat ristiriidassa tekemisiensä ja puheidensa kanssa."

Allu oli pökerryksissään Natalian puhetulvasta, mutta etäisesti muisti Aadan puhuneen jostain yhtä hämmentävästä. Selventääkseen tilannetta edes hiukan Allun oli siis pakko kysyä: "Sinäkö aiheutit tämän kaiken?" Natalian mekaanisilla kasvoilla ei ollut ilmettä, mutta Allu pystyi silti tulkita hiljaisuudesta. Epäuskoisena Allu huusi ja sitten kuiskasi, ihankuin äänenvoimakkuutta säätelemällä voisi saada viestinsä paremmin perille: "Oikeasti! Todellako? Mitä... Sinun takiasi maapallolla elämä on mennyt sukupuuttoon. Oletko katsonut ulos? Siellä ei ole enää eläimiä, ei ihmisiä ja ne vähät jotka ovat vielä jäljellä taistelevat jokaisesta sekunnista tässä hulluksi menneellä planeetalla. Kaikki yhden ihmisen takia."

Tässä vaiheessa muuta puuhaillut Melissa astui mukaan keskusteluun puolustaakseen Nataliaa: "Minä en kyllä sälyttäisi kaikkea Natalian kontolle. On totta, että Nataliasta kaikki alkoi, mutta kun kivi alkoi pyörimään ei sitä voinut enää pysäyttää. Natalia teki parhaansa, niin kuin mekin teimme. Kukaan ei olisi voinut ennustaa näin käyvän." Allu katsoi pitkään Melissan surullisen suuria silmiä ja meni sitten Franzen luo sanomatta enää mitään. Melissa ja Natalia puhuivat vielä jostain, mutta Allu oli liian väsynyt välittääkseen.

Melissa tutki ilmeisesti Franzen tilaa, joka vaikutti vakaalta ja toi puuhailunsa välissä Allulle tuolin. Allu istui alas ja katsoi nukkuvaa Franzea, vaikkei Franze tietenkään nukkunut. Franzehan oli koomassa ja hengityslaitteissa ja taisi olla, ettei tämän sydänkään pystynyt enää pumppaamaan ilman apua.

Kului jonkin aikaa, ja Maare tuli hakemaan Melissaa ja Allua syömään. Androidien kun ei tarvinnut syödä ja ruokaa oli muutenkin rajallisesti, niin he söivät kahden ison pöydän ääressä viereisessä huoneessa. Ruoka oli mautonta ja tylsää, eikä kummallakaan ollut erikoisempi nälkä. Pyöritellessään harukallaan jotain levän näköistä Melissa kertoi: "Kun ensikerran ymmärsin kuka Natalia on, jouduin lamaannuttavan pelon valtaan. Mutta hyvin nopeasti opin tuntemaan hänet, ja nykyään olen hyvin kiitollinen kaikesta mitä Natalia on tehnyt. Ilman häntä Franze olisi luultavimmin kuollut. Kuluneiden kuukausien aikana Natalia ja muut kuolemattomat ovat tehneet hurjasti töitä korjatakseen lohikäärmeet, sillä ilman lohikäärmeitä maapalloa ei pystytä palauttamaan entiselleen. Niin älä ole liian jääräpäinen. Tällä hetkellä Natalia on ihmiskunnan viimeinen toivo."

"Aikamoinen toivo, kun itse aiheutti kaiken", mutisi Allu mutta sanoi heti perään: "Ymmärrän kyllä mitä tarkoitat. Ilman Nataliaa olisi mahdotonta löytää Lunaa." Melissa pureskeli pitkään jotain perunan kaltaista mukulaa ja totesi: "Minä en ymmärrä pakkomiellettäsi Lunasta. Kieltämättä Luna on genetiikkateknologian huippu, muttei edes hän pysty tekemään nykyiselle tilanteelle mitään. Oikeastaan luulen, että Luna pystyy meistä kaikista vähiten olemaan avuksi. Sillä niinkuin Natalia kertoi, Luna on ollut sieluton kuori yli kymmenen vuoden ajan. Luna on tahdoton olento, vielä tyhjempi kuin nämä lohikäärmeet."

"Entä se viesti? Jos Lunasta todella olisi tullut tahdoton, miksi hän olisi lähettänyt viestin?", Allu hieman loukkaantuneesti hiillostui. Melissa pysyi rauhallisena ja selitti: "Se viesti saattoi olla hajonneen mielen satunnainen ponnistus. Joka tapauksessa, minä en asettaisi kaikkea toivoani Lunaan." Allu söi leväänsä ja mietti. Luna oli täysin käsittämätön, lähes yhtä käsittämätön kuin Allun usko Lunan kykyihin.

He olivat vielä syömässä kun Natalia yhtäkkiä juoksi huoneeseen hengästyneen oloisena. Eiväthän androidit hengästy, mutta silti Natalian puhe katkeili tämän puhuessa: "Jokin on vialla. Pohjoispäädyssä. Maakäärmeen kylki, meren puoleinen. Se on auki. Kohta tulvii, jonkun on mentävä katsomaan mitä siellä tapahtuu."

Tehtävänjako tapahtui nopeasti joskin hieman kaoottisesti. Allu lähti Maare oppaanaan kohti maakäärmeen selkämeren puoleista kylkeä Melissan ja Natalian tutkiessa laitteisiin ilmaantuvia virheraportteja ja yrittäen keksiä miten vuoto saataisiin pysäytetyksi. Oikeastaan olisi ollut paras jos Allu olisi mennyt yksin tarkastamaan ongelmakohtia sillä androidin mekaaniset osat saattaisivat vaurioitua pahasti, eikä heillä ollut korjaamiseen tarvittavia tarpeita, mutta ilman opasta Allulla menisi tunteja löytää oikeaan paikkaan vaikka saisikin mukaansa parhaat mahdolliset ohjeet. Joten Maare tarjoutui opastamaan. He juoksivat pitkiä käytäviä ja kipusivat portaita ja tikkaita ja kömpivät romahtaneiden seinämien välistä. Sitten Maare vain osoitti suuntaa ja Allu jatkoi yksin.

Käytävä kaartui hieman ja mutkan takaa Allu pystyikin jo aistimaan erilaisen ilman. Sumu oli tunkeutunut käytävään. Pian lattiaa peitti hyytelömäinen lima ja neste. Oli pakko pidättää hengitystä. Allu eteni niin varovaisesti kuin kiireeltään ehti.

Seuraavan mutkan takaa käytävä suoristui ja jopa paksun sumun seasta oli helppo erottaa katossa oleva reikä, josta valui valtoimenaan kaikenlaista töhnää. Allun alkoi jo olla hankala liikkua, lima yletti polviin saakka. Silti Allu meni lähemmäs tarkastamaan reiän koon. Palatessaan Maaren luo Allu juoksi.

Maare pystyi kommunikoimaan suoraan vesikäärmeen laitteiston kautta Melissalle ja Natalialle, joten Maare välitti nopeasti Allun keräämän tiedon eteenpäin ja lähes yhtä nopeasti saapui vastaus. Ongelma pystyttäisiin korjaamaan lähes kokonaan ilman manuaalista työtä. Allun tarvitsisi tehdä vain yksi pieni juttu. Olisi revittävä yksi turhista väliseinistä irti sopivan kokoiseksi palaksi ja työnnettävä se katossa olevaan aukkoon, lopun he pystyisivät hoitamaan koneilla.

Muu ei auttanut niin he kävivät toimeen. Maare valitsi sopivan seinän ja Allu repi sen alas. Yhdessä he saivat siitä jotenkin reiän kokoisen ja muotoisen, ainakin suunnilleen. Allun tehtäväksi jäi vain sen kantaminen paikalleen. Vasta reiän kohdalla ilmeni ongelmia. Allu oli liian lyhyt, aivan liian lyhyt. Epätoivoissaan Allu laski seinän palasen maahan ja oli juuri lähtemässä elinkelpoiselle käytävän osalle, kun hän huomasi suurehkon klimpin kauempana käytävällä. Klimppi näytti liikkuvan. Allua ällötti ja hänen olisi pian päästävä hengittämään, mutta meni silti katsomaan lähempää. Ja koska lähempänä Allu ei saanut sen parempaa selvää, hän otti klimpin mukaansa.

Lieju ja sumu oli ehtinyt edetä jo melkein Maaren luokse. Ja siellä, paremmassa valossa ja ilmassa Allun oli helppo tunnistaa klimpin henkilöllisyys. Allu olisi hämmästynyt enemmän, ellei tilanne olisi ollut yhtä kriittinen kuin se oli. Joten Allu tyytyi vain ravistelemaan Lunan pystyyn, tarkisti nopeasti, että Luna myös pysyi pystyssä ja kiskoen Lunaa perässään he menivät takaisin reiälle. Allu asetteli liejuisen Lunan reiän alle ja nosti seinänpalasen ilmaan, jolloin Luna näytti vihdoin ymmärtävän mistä oli kyse ja auttoi Allua nousemaan hartioilleen. Huterasti Allu seisoi Lunan harteilla tasapainotellen seinää reiän kohdalle. He ylsivät juuri ja juuri. Mutta menisi puolesta minuutista minuuttiin ennen kuin seinä liimautuisi kattoon kiinni ja tuon ajan seinäpalasta olisi pidettävä aivan paikallaan. Kuitenkin samaan aikaan lieju ja hyydyke ja sumu jatkaisivat leviämistään ja meri puskisi kylkeen, olosuhteet eivät siis olleet täydelliset, ne olivat kelvottomat.

Allu horjahti useasti. Häneltä alkoi happi jo loppua, kun katto vihdoin tiivistyi, eikä seinäpalaa tarvinnut enää kannatella. Nopeasti Allu hyppäsi Lunan olalta alas ja yhdessä he lähtivät suuntaamaan Maaren luo. Mutta lieju ja sumu oli levinnyt koko käytävään ja Maare oli joutunut perääntymään kauemmas romahtaneen seinämän toiselle puolelle. Allu ja Luna lähtivät kömpimään samaan suuntaan, mutta ennen kuin he ehtivät romahduksen toiselle puolelle Allulta loppui happi ja hän menetti tajuntansa. Luna joutui työntämään häntä edellään loppumatkan, kunnes Maare ylsi kiskomaan tytöt avarammalle käytävälle, missä hengitysilma sisälsi taas tarpeeksi happea. Työntelystä ja kiskomisesta Allun iho tosin oli mennyt aika pahasti rikki, eikä tytön tajunta palannut, vaikka Luna hieman läpsikin Allua poskille. Maarella ja Lunalla ei ollut paljoa puhuttavaa, joten he vain lähtivät takaisin Natalian ja Melissan luo. Luna kantoi Allua ja hyräili jotain niin kuin aina. Maaren konemielen valtasi tyyneys jollaista se ei ollut saavuttanut kertaakaan viimeisen puolenvuoden aikana.

Allu palasi tajuihinsa kuitenkin jo matkan aikana, mutta oli edelleen huonovointinen, joten Luna kantoi hänet perille asti. Natalia, Melissa ja se kolmas olivat niin uppoutuneita näyttöpäätteisiinsä, etteivät he heti huomanneet tulijoita. Kun he huomasivat, aiheutti Lunan limainen ilmestys yllättävän paljon hämmennystä ja varsinkin Natalia oli kovin yllättynyt. Natalian oli kuitenkin palattava työnsä ääreen, joten hämmennyksen oli odotettava.

Melissa otti ohjat ja antoi Maaren ottaa paikkansa näyttöjen äärestä. Melissan näytäessä tietä suihkuille Luna edelleen kantoi Allua, vaikka tämä sanoi kykenevänsä jo kävelemään omin jaloin. Luna vaikutti hieman poissaolevalta eikä oikein reagoinut mitenkään Allun puheisiin. Vasta suihkujen luona Luna laski Allun alas. Melissa auttoi Allua puhdistamaan hiertymähaavat ja menivät sitten takaisin näyttöhuoneeseen paikkaamaan niitä jättäen Lunan vielä peseytymään, sillä Lunaa peittävä lima ei meinannut lähteä irti millään. Allu ehti nukahtaa sikeään yöuneen ennen kuin Luna pääsi suihkusta.

Aamiaisella pöytä oli täynnä. Ei niinkään ruokaa, vaan ruokailijoita. He olivat kaikki kerääntyneet pyöreän pöydän ympärille aamiaiselle, vaikka vain puolet ruokailijoista söivät. Melissa ja Allukin lähinnä vain sörkkivät tummaa liivatepuuroa, joten oikeastaan vain Luna söi. Muut katsoivat ja miettivät mitä kysyä. Lopulta Natalia keskeytti Lunan litkimisen: "Hei, ömm, minä olen Natalia. Hömm. Et ehkä tiedä kuka olen niin ajattelin, että-" Luna keskeytti Natalian: "Tiedän kyllä kuka olet." Sitten Luna jatkoi ruokailuaan.

Tällä kertaa Melissa puhui: "Tiedätkös, olisit voinut vain ilmoittaa tulostasi, niin olisimme avanneet oven. Et voi vain tuolla lailla murtautua läpi toisten kattojen." Luna katsoi Melissaan kylmin vihrein silmin: "Mutta minähän ilmoitin. Ja aukko on nyt korjattu, eikä se aiheuttanut mitään pysyvää vahinkoa. Kaikki hyvin siis." Sitten Luna jatkoi ruokailuaan.

Melissa pyöräytti mulkosilmiään ja sanoi: "Jos tarkoitat ilmoittamisella sitä kryptistä viestiä, jonka saimme puolikuukautta sitten, niin eihän siinä sanottu mitään saapumisestasi." Luna kohautti olkiaan: "No anteeksi kun käytin taiteellisia ilmaisukeinoja, ajattelin että arvostaisit yritystäni. Syötkö tuon?" Sitten Luna otti Melissan liivatepuuron ja jatkoi ruokailuaan.

Tässä vaiheessa Melissa ja Natalia jakoivat merkitseviä katseita keskenään ja ottivat Maaren ja sen kolmannen mukaansa viereiseen huoneeseen. He sulkivat oven takanaan. Luna jatkoi ruokailuaan kunnes oli kylläinen: "Siitä on kuukausia kun söin viimeeksi, silti tämä ruoka maistuu kammottavalta."

Allu naurahti ja kysyi: "Mitä olet puuhaillut?"

Luna:"En kummempia. Ajelehdin merellä jonkun aikaa ja niin edespäin. Entä sinä"

"Kuiden tippumisen jälkeen menin taivaslohikäärmeelle. Ja eilen tulin tänne etsimään sinua."

"Taivaskäärmeelle? Olet siis viettänyt viimeiset kolme kuukautta Aadan kanssa?"

"Niin."

"..."

"Mitä?"

"Tiedäthän, minä tiedän monia asioita tästä maailmasta. Mutta yksi asia on vaivannut minua jo kauan."

"Mikä?"

"Voinko kysyä ihan suoraan?"

"..."

"Onko Aadalla penis?"

"Mi-miksi minä tietäisin mitään siitä?!"

"Älä viitsi. Et sinä muuten olisi viihtynyt siellä kolmea kokonaista kuukautta."

"Minkälaisena ihmisenä sinä minua oikein pidät!"

"Väitätkö etten muka ole oikessa?"

"En minä sitä..."

"No kerro nyt. Kysyin Meliltä aiemmin, mutta ei se vastannut."

"Mel ei nykyisin enää vastaa kenellekään, että älä ota sitä henkilökohtaisesti."

"Tarkoitin, että kysyin sitä jo silloin vesikäärmeellä, ennen kuin Mel lamaantui."

"Ai. No miksei hän vastannut?"

"Saattoi johtua siitä että Franze oli paikalla."

"Nyt en tajua."

"RaukkaparkaMel, taisi tykästyä Franzeen vähän liikaa."

"Ai siitäkö Melin lamaus johtuu?"

"Niin, Mel on joutunut shokkitilaan. Saa nähdä toipuuko siitä koskaan."

"Sinä olet tänään kummallisen selkeänä."

"Ainahan minä olen selkeä."

"Väitätkö että se on aina muiden syy jolleivät ymmärrä."

"Tottakai."

"..."

"Et muuten vielä vastannut kysymykseeni."

Allu nousi nopeasti pöydästä. Oli aika aloittaa päivän työt.

Kiemura

"Mitä sitten?" kysyi mies. Nainen käveli tasaisella maalla kissan kanssa ja mietti. Tehtyään täyden ympyrän puun ympäri jonka juurella mies istui, nainen sanoi: "Sitten he uudelleen rakensivat yhteiskunnan." "Tuo on liian laakea käsite", valitti mies kulmiaan kurtistamalla. Nainen kysyi: "Haluatko siis kuulla mihin he kaikki päätyivät?" Mies nyökkäsi.

Nainen katsoi kuuhun, joka oli noussut taivaalle, vaikka oli vielä päivä. "Natalia lähti avaruuteen mukanaan muut kuolemattomat. He lähtivät tulilohikäärmeellä. En ole kuullut heistä sen jälkeen."

Nainen piti taukoa ja silitti kissaa. "Allu ja Aada saivat lapsia ja lapsenlapsia. Näin kun heidän tuhkansa laskettiin tuuleen. Siitäkin on jo niin kauan."

Mies hätkähti, mutta pysyi hiljaa ja antoi naisen kertoa. "Maa- ja vesikäärmeet ovat nykyään asutettuja niin kuin taivaskäärme. Tapaamme yhä Maaren kanssa toisinaan."

Nainen kiersi puun ja jatkoi: "Melissa oli oikeastaan se joka pelasti ihmiskunnan, mutta häntä pelättiin ulkomuotonsa takia. Vanhuuden päivillään hän yritti palauttaa kehonsa entiselleen, mutta yritys epäonnistui ja hänestä tuli vielä kamalamman näköinen. Sitten hän katosi maailmasta."

Nyt nainen oli niin pitkää hiljaa, että miehen oli

pakko kysyä: "Entä Luna? Ja Franze ja Mel?"

Nainen katsoi mieheen kylmän vihreillä silmillään: "Etköhän ole jo arvannut mitä heille tapahtui."

Mies katsoi naista takaisin ja kääntyi sitten katsomaan ylös. Puussa, muutaman metrin korkeudessa istui toinen mies, jonka huivi hulmusi tuulessa. Enempää ei tarvinnut sanoa.